KB106005

위대한 침묵

산문집
이윤기

위대한 침묵

민음사

차 례

날마다
지혜를
만나다

나무만이
희망이었다

아파트 사는 사람들이 이 글 읽으면 마구 섭섭해하면서 나에게 대들지도 모른다.

"물정 모르는 소리 마라. 송곳 하나도 꽂을 땅이 없는 사람들에게는 그럼 희망이 없다는 것인가?"

나는 나무만을 말하는 것이 아니다. 세월이 가는데도 재물은 도무지 늘어나지 않아 늘 곤핍하고, 귀밑머리 허옇게 세어 가는데도 세상과 맞설 철학은 도무지 성숙할 기미를 보이지 않는 나 같은 사람들에게 그랬다는 것이다. 어쩌겠는가? 나무라도 심어야지. 나무에게라도 의지해야지.

나는 몇 년 전에 나무 심은 이야기를 자랑스럽게 쓴 적이 있다. 황무지에다 작업실을 차린 직후의 일이다. 이 글은 그 기록에 대한 중간 보고서다.

경상남도 진주 출신 독립가의 도움을 받아 2002년 3월 27일, 28일, 29일 사흘에 걸쳐 작업실 둘레에다 500여 그루의 나무를 심었다. 여기에 자료로 남겨 두거니와, 느티나무 100주, 목련 150주, 단풍나무 100주, 메타세콰이어 100주를 우선 심었다. 4월 1일에는 은행나무 50주, 산수유 20주, 배나무 20주, 앵두나무 20주, 배롱나무 7주, 수수꽃다리 50주를 심었다.

내 작업실이 있는 양평군은 매우 추운 곳이다. 나무는 원래 북쪽에서 남쪽으로 내려가기는 쉬워도 남쪽에서 북쪽으로 올라가기는 어렵다고 한다. 위도 차에서 오는 기온 차 때문이란다. 첫해 겨울을 넘기면서 10퍼센트 정도가 죽었다. 마을 사람들은 얼어 죽었을 것이라고 했다. 내가 참 좋아하는 배롱나무 7주는 전멸했다. 혹독하게 추운 겨울을 차례로 나면서 또 여러 그루의 나무들이 얼어 죽었다. 그런 겨울을 다섯 차례 보냈다.

지금의 내 작업실 풍경을 궁금해할 독자는 없겠지만 나는 이 나무들에 대한 중간 보고서를 쓰고 싶다는 유혹을 누를 길 없다. 우리가 긴 세월을 바라보면서 심은 나무가 얼마나 무서운 속도로 자라는지, 마음먹기에 따라 우리의 희망 또한 얼마나 차분하게, 그러나 구체적인 현실이 될 수 있는지 전하고 싶은 유혹을 누를 길이 없다. 내 꿈이

반쯤은 이루어졌다고 자랑하고 싶다는 유혹도 받고 있다.

심을 당시 굵기가 손목만 하고 높이가 이삼 미터 되던 메타세콰이어가 가장 가관이다. 지금 이 나무의 밑동 지름은 20센티미터나 된다. 높이는 10여 미터에 이를 것이다. 100여 그루의 이 메타세콰이어는 지금 숲이 되어 있다.

느티나무의 성장 속도 역시 무섭다. 내가 느티나무를 심을 당시 마을 사람들은 간격을 더 벌려 심어야 한다고 했다. 나는 느티나무의 그늘을 하루라도 빨리 즐기고 싶어서 그들의 말을 무시하고 비교적 촘촘하게 심었다. 심을 당시 바지랑대만 하던 이 느티나무들 역시 숲이 되었다. 여름이면 한 그루의 느티나무 그늘이 벌써 우리 쉼터가 된다. 아직은 우듬지가 그다지 짙지 않아 하루에도 몇 차례씩 평상을 옮겨야 겨우 그늘을 즐길 수 있는 정도이기는 하지만 이것만 해도 어딘가? 밭둑에다 심은 100여 그루의 느티나무는 내가 손을 대지 않으면 그늘을 드리워 밭작물에 해를 끼칠 정도다.

은행나무의 아름다움은 가을에 떨어뜨린 잎으로 제 발치를 온전히 덮을 수 있을 때부터 시작된다고 나는 생각한다. 제 발치가 도톰하게 덮이도록 노란 잎을 떨어뜨리고 긴 겨울잠에 든 은행나무들에게서 나는 아름다움과 슬픔을 동시에 느낀다. 내 작업실 주위에는 그런 은행나무들이 해마다 늘어 간다. 한 20년쯤 지나면 이 은행나무 숲에서 영화나 드라마 좀 찍겠다는 사람이 나올지도 모르겠다.

100여 그루의, 굵은 회초리만 한 목련이 꽂혀 있던 목련 숲, 5년 전에는 꽃이 피면 피는 대로 지면 지는 대로 참 초라했다. 그래서 꽃 질 때는 목련 숲으로 눈길이 잘 가지 않았다. 하지만 지금은 숲이 되었다. 그늘이 짙어서 이제 그 목련 숲 속에서는 잡초도 무성해질 수 없다. 늦은 봄이면 나는 이 목련 숲으로 친구들을 불러들인다. 자랑하고 싶은 마음, 함께 즐기고 싶은 마음, 반반이라고는 하지만, 친구들이여, 솔직하게 말하면 자랑하고 싶은 마음이 조금 더 승(勝)하다.

날마다
지혜를
만나다

나무를 심으면 물을 준다. 마른 땅에 씨앗을 넣어도 물을 뿌려 씨앗 주위의 흙을 적셔 준다. 시골에서 살면 늘 하는 짓이다.

나는 시골집 텃밭에 해마다 약 200그루의 고추를 심는다. 지금도 줄기차게 심고 있다. 농약 쳐서 기른 고추, 기계로 억지로 말린 고추를 먹기 싫은 까닭이다.

고추를 심으려면 흙을 긁어모아 도톰한 북을 만들어 주어야 한다. 북 위를 호미로 파고 고추 모종을 심었다. 심은 다음에는 물을 주어야 한다. 북 위라서 물 주기가 쉽지 않았다. 고추 모종 옆에다 작은 홈을 파고 거기에다 물을 부어야 했다. 나는 그렇게 하는 줄만 알았다.

시골집이 있는 마을에는 내 일을 도와주는 노인이 있

다. 연세 일흔이 넘었는데도 장정처럼 일하는 분이다. 그런데 이분이, 고추 모종 심는 나를 가만히 보고 있더니 소매를 걷어붙였다.

"왜 그렇게 고추 모종을 힘들게 심는데요?"

나는 무엇을 잘못하고 있는지 이해할 수 없었다.

노인이 괭이로 북 위에다 골을 팠다. 그러고는 거기에다 물을 부었다. 물은 골을 따라 한동안 흘러내려 갔다. 노인은 흠뻑 적신 물길에다 고추 모종을 늘어놓고는 손으로 뿌리를 묻기 시작했다. 200그루의 고추 모종이 간단하게 물길에 놓였다. 노인은 맨손으로 모종의 뿌리 부분을 묻었다. 참 간단해 보였다. 나중에 물을 따로 줄 필요가 없었다. 공부 많이 한 분이 아닌데도 노인 곁에서 일하면서 나는 지식과 지혜가 어떻게 서로 다른지 거의 날마다 절감하고는 한다.

노인은 씨앗을 묻을 때도 물을 먼저 주고 씨앗을 뿌린 다음 그 위에다 흙을 덮었다. 씨 뿌리고 흙 덮고 난 뒤에 물을 주는 것보다 발아율이 훨씬 높다고 했다. 발아 시기를 며칠 앞당길 수 있다는 것도 그분한테서 배웠다.

해마다 땅콩 농사를 짓는다. 씨 뿌리는 일은 그리 힘들지 않은데 땅콩 캐는 일은 꽤 힘든 노동을 필요로 한다. 쪼그리고 앉아 하루 종일 호미로 땅을 파야 하기 때문이다. 쪼그리고 앉아 땅콩을 캐고 있는데 노인이 또 소매를 걷어붙였다.

그는 뒤뜰로 가더니 쇠스랑을 들고 나왔다. 나는 땅콩 캐는 데 왜 쇠스랑이 필요한지 이해할 수 없었다.

노인은 땅콩이 달려 있을 만한 자리를 쇠스랑으로 퍽퍽 찍어 엎었다. 두 고랑의 땅콩 밭을 모조리 찍는 데 30분이 채 걸리지 않았다. 그전 같으면 땅콩 두 고랑을 캐는 데 하루 종일이 걸렸다. 하지만 노인이 쇠스랑으로 찍어 엎은 자리에서는 땅콩을 쉽게 캘 수 있었다. 작업은 몇 시간 만에 간단하게 끝났다.

우리 집에서 쓰는 젓가락은 내가 중국에서 사 온 것들이다. 우리 집 수저통에는 열 매 가까운 젓가락이 꽂혀 있다. 그런데 이 젓가락은 두 종류다. 첫 번째 중국 여행에서 사 온 젓가락과 두 번째 여행에서 사 온 젓가락으로, 길이가 다르다. 첫 번째 여행에서 사 온 젓가락은 좀 길다. 색깔은 두 종류가 비슷하다. 그래서 나 혼자 쓸 젓가락 한 매를 뽑아내려면 안경을 써야 한다. 길이를 비교해야 하기 때문이다. 길이가 같은 젓가락 한 매를 뽑아내기 위해 일일이 안경을 찾아 쓰는 일은 꽤 번거롭다.

"그분이라면 어떻게 했을 것인가?"

나는 어떤 일을 할 때마다 이 질문을 나 자신에게 던진다. 그러고는 내게 익숙해진 습관을 뜯어고치려고 애쓴다.

그러다 나는 참으로 사소한, 그러나 중요한 답을 얻었다. 밥을 먹을 때 내가 필요로 하는 젓가락 한 매는 두 개로 이루어져 있다. 이제는 일일이 길이가 같은 젓가락 두 개를 안경 쓰고 꺼내지 않는다. 세 개를 꺼내면 그중 두 개의 길이가 같을 수밖에 없다는 것을 깨달았기 때문이다.

나는 얼마나 어리석은 사람인가? 그것을 깨닫는 게 그토록 어려웠으니.

나는 내일도 그 노인한테 한 수 배울 것이다.

빈 땅에는
나무를
심어야지요

나는 나무 심은 자랑을, 좀 심하다 싶을 정도로 많이
해 왔다. 그럴 수밖에 없다. 나무 많이 심는 것이 큰 희망
이었으니까. 다행히 경기도 양평 땅의 황무지를 구입해서
소원대로 나무를 심을 수 있었다.

땅을 사다? 부동산 투자가 아니었다. 평당 6만 원 하는
땅을 2000여 평 사들였다. 황무지였다. 원래 거기 살던 주
민은 그 땅에다 옥수수 나무를 심었는데, 잘 모르기는 하
겠지만 소득은 수십 만 원에 미치지 못했을 것 같다. 내가
유심히 관찰해서 잘 안다.

2003년 나는 그 땅에다 나무 1600그루를 심었다. 심을
때는 빗자루만 했다. 그러나 몇 년의 세월이 흐른 지금은
가슴둘레를 나와 겨룬다. 나무 심고 기르는 거, 이거 정말

장난이 아니다.

　내가 산 땅은 원래 황무지였다. 자라는 것이라고는 버드 나무가 유일했다. 나는 이 땅에다 약 1400대의 트럭에 해당하는 흙을 채우고 골랐다. 덕분에 나의 황무지는 거의 옥토가 되었다. 60평 정도는 농사를 짓고 있는데, 고추, 땅콩, 고구마, 감자, 당근 농사가 잘된다.

　나머지 2000평에 이르는 땅에서는 나무가 자라고 있다. 해마다 새로 심고 또 심어 나무의 나이는 천차만별이다. 그러나 나는 이 나무에게서 희망을 본다. 자라리라, 자라리라. 실제로 그들은 잘 자라고 있다. 마을 사람들은 나보고 잘 그런다. 어쩌자고 나무를 저렇게 심는데요? 판로가 확보된다면 우리도 나무를 심겠지만, 우리는 방법을 몰라요. 우리는 옛날부터 해 오던 대로 벼 심고 콩 심을 수밖에 없어요.

　욕심이 과했을 것이다. 느티나무와 목련과 은행나무를 좀 배게 심었다. 그랬더니 지난 해부터는 나무의 성장이 둔해지는 것을 느낄 수 있었다. 햇빛을 제대로 받을 수 없어서 그랬을 것이다.

　올봄에, 그걸 제대로 눈치챈 업자가 와서 내게 말을 건넸다. 나무를 너무 조밀하게 심었으니 좀 솎아서 파는 것이 좋겠다고. 나는 일거에 거절했다. 내 생명과 같은 나무를 팔라고? 말이 되는 소리를 하세요. 나는 물정 모르는 사람인지라 마구 화를 내었다.

다음 달엔가 다른 업자가 찾아왔다. 나무를 너무 조밀하게 심었으니까 지금 솎아서 팔면 니에게도 이득이 되지 않겠느냐고 했다. 솔깃했다. 투자한 금액의 일부라도 건질 수 있으면 그나마 보람도 있지 않겠느냐 싶었다.

한 달 전에 본격적인 공사에 들어갔다. 굴삭기가 들어오고, 대형 트럭이 들어오고, 중국인 인부 여섯 명이 들어와 엿새 동안 나무 150여 그루를 캐어 나갔다. 천안 어디의 가로수로 내 집 나무가 쓰인다고 했다. 틈이 안 나면 틈을 내어서라도 그 길을 차 몰고 한번 지나고 싶다.

아내와 업자가 나무값을 놓고 흥정을 하고 있을 때까지도 나는 몰랐다. 나중에야 알았는데 나무값이 1000만 원이 넘는다고 했다. 나는 매우 놀랐다. 농민들이 판로에 자신이 없어서 재배를 주저하던 나무값이 물경 1000만 원이 넘는다니 이것은 놀라운 일이 아닌가?

나의 황무지에는 12~13년생 메타세쾨이어, 단풍나무, 은행나무, 느티나무, 백목련, 자목련이 천 수백 그루 자라고 있다. 삼사 년생 은행나무, 반송도 수백 그루 자라고 있다. 그러므로 나는 이미 팔려 나간 백 수십 그루의 나무에 연연하지 않는다. 문득 생각이 든다. 빈 땅에 우리가 나무를 심어야 하지 않겠느냐고. 몽골 땅 중부나 중국 산시성에는 나무가 거의 없다. 특히 중국 산시성은, 양이나 염소가 파먹고 갉아 먹어 산이 빤들빤들하다. 그거 녹화할 자원이 우리나라 아니고 있겠느냐 싶다. 나는 나무를 심는다. 빈 땅에는 나무를 심는다. 나는 늙겠지만 나무는 자랄 것이다. 나는 내 값을 못 할 만큼 늙어 가겠지만 나무는 언제나 제 값을 할 것이다.

잔인한 4월,
고라니
한 마리

'잭 나이프' 할 때의 이 '잭'은 '잘난 수컷'이라는 뜻이다. 그러니까 '잭 나이프'는 솜씨 좋고 잘난 수컷들이 사용하는 주머니 칼이라는 뜻이다. 산중에 사는 잘난 수컷은 '마운틴 잭', 강가에 사는 잘난 수컷은 '리버 잭'이다. 그런데 이 '잭'이라는 말이 요즘 우리나라에서는 밀렵꾼들이 사용하는 불법 '올무(덫)'를 지칭하는 말로 바뀌었다. 솜씨 좋은 수컷이 아닌 야바위꾼 같은 밀렵꾼이 쓰게 하기에는 참 아까운 말이다.

우리 시골집 마당을 찾아오는 길고양이 한 마리는 다리 하나가 잘린 채 절룩거리며 먹을거리를 구걸한다. 다리 하나 잘린 개도 한 마리 시골집을 드나들면서 음식 쓰레기를 먹어 치운다. 잭에 걸려 다리를 하나씩 잃은 동물들이다. 아내는 이런 군식구들에게 먹이를 주는 데 인색하지 않아서 참 고맙다.

시골에서 농사를 지어 먹는 나 같은 얼치기 농부에게 야생동물은 그리 달가운 존재가 아니다. 멧돼지는 고구마 밭과 옥수수 밭을 집중적으로 공략하는데, 어느 해에는 고구마와 옥수수의 약 90퍼센트를 털린 적도 있다. 고라니는 연못의 수련을 퍽 좋아해서 꽃 보고 잎 보려고 심어 놓은 수련이 도무지 남아나지를 않는다. 고라니는 또 팔파짐한 소나무인 반송(盤松) 잎을 좋아한다. 고라니가 먹어 치운 반송 수십 그루 앞에 서면 약간 괘씸해지기도 한다. 하지만 나는 야생동물의 애교로 보아 줄 뿐, 복수를 꿈꾸어 본 적이 없다.

지난 4월 딸과 사위가 시골집을 찾아왔다. 딸 부부는 약간 유난스러울 정도로 깍듯한 자연보호주의자들이다. 이들이 들어온 날 사소하지 않은 사건이 터졌다.

아침에 혼자 산책 나갔던 아내가 빈사 상태의 고라니 한 마리를 발견한 것이다. 아내는 나에게 고라니를 좀 살펴보아 달라고 했다. 하지만 나는 고라니 곁으로 가지 않았다. 공연한 욕심이 생길까 겁이 났던 것이고, 한잠 쉬면 고라니가 사라져 줄 것 같았기 때문이다.

오후 다시 산책 나갔던 아내가 돌아와 고라니가 여전

히 그 자리에서 발버둥 치고 있다고 했다. 아내와 나, 딸아이 부부가 달려갔다. 차마 눈뜨고 볼 수 없는 처참한 광경이 거기에 있었다. 뒷다리 하나가 올무에 걸렸던 모양이다. 올무의 철사가 뒷다리를 조르고 있었다. 올무 철사에서 놓여 나려고 어찌나 애썼던지 뒷다리 뼈가 허옇게 드러나 있었다. 나무에 등을 대고 어찌나 용을 썼던지 등가죽도 상당 부분 벗어져 있었다. 아, 아침에 손을 썼어야 했는데. 양심의 가책을 심하게 느꼈다.

나는 우리 집 개울가에 그 올무를 설치한 사람이 누군지 알고 있다. 하지만 나는 그를 그다지 원망하지는 않았다. 시골 사람들은 반은 재미로, 반은 고기 먹는 맛으로 그런 짓을 곧잘 한다. 그들에게 야생동물은 식품일 뿐이다. 자연 사랑, 생태 사랑 같은 것은 쥐뿔이다.

딸아이가 보자기를 가져와 고라니의 눈을 가렸다. 나는 고라니가 발길질을 하지 못하도록 배와 엉덩이를 제압했다. 사위는 연장을 가져와 고라니의 발에 감긴 올무 철사를 잘랐다. 하지만 고라니는 피를 너무 흘린 데다 탈진 상태여서 철사를 잘랐는데도 산으로 올라가지 못했다. 그대로 두면 그 자리에서 숨을 거둘 것 같았다. 한순간, 고라니 한 마리면 여러 사람이 먹을 수 있겠다는 죄 많은 생각도 잠깐 들었다. 그러나 나는 딸과 사위 앞에서 그런 짓은

할 수 없었다.

　딸이 야생동물보호센터라는 곳에 전화를 걸었다. 두 시간 뒤에 직원이 온다고 했다. 나는 고라니에게서 좀 떨어진 곳에 쪼그리고 앉아 고라니의 행동을 감시했다. 두 시간 뒤 직원이 승합차를 몰고 왔다. 나는 수의사도 따라올 것으로 짐작했는데 아니었다. 직원은 고라니를 승합차에 싣고 떠났다. 그날 오후 내내 마음이 홀가분했다. 고라니 한 마리를 살려 낸 것 같았다.

　다음 날, 딸에게 전화를 걸게 했다. 고라니가 어떻게 되었는지 궁금해서 견딜 수 없었다. 아, 그날 오후에 숨을 거두었다고 했다.

　아, 잔인한 4월의 불쌍한 고라니 한 마리.

오, 소리

시인 T. S. 엘리어트는 어째서 아름다운 4월을 '잔인한
달'이라고 노래했을까? 무수한 생명이 태어나고 부활하는
그 아름다운 계절을 그는 어째서 그런 심술궂은 이름으로
불렀을까? 때가 되면 죽어야 하는 것들이 무수히 탄생하
는 달이니 '잔인한 달'이라는 역설로 나는 이해한다.

나에게 올해 봄은 잔인한 계절이었다. 지난달 나는, 나
의 시골집 개울가에서, 농부들이 숨겨 놓은 올무에 걸려
무참하게 목숨을 잃은 고라니 한 마리의 소식을 전했다.
고라니의 주검이 눈앞에 어른거려 입맛을 잃고 술을 꽤
많이 마셨다.

나는 애완동물 기르는 것을 그다지 좋아하지 않았다.
애완동물 애지중지하는 것을 말리지는 않지만 지나치게

대접하는 꼴은 참 보기 싫었다. 애완견에게 옷 비슷한 것을 입혀 안고 다니는 여성에게는 가까이 다가가지도 않는다. 미국인들에게는 개를 집 안에서 기르는 이상한 버릇이 있는데, 나는 이게 참 싫었다.

9년 전, 시골 산골짜기의 외딴 집에서 아내와 단둘이 살고 있었다. 아들 군대에 가고 딸 외국 유학하고 있을 때의 일이다. 밤이면 퍽 적적했다. 개라도 한 마리 있었으면 싶었는데 마침 가까이 지내던 출판사 사장이 진돗개 한 마리를 선사하겠다고 했다. 태어난 지 3개월 된 하얀 진돗개 수컷은 이렇게 해서 내 집으로 왔다. 이름을 지어야 했다. 그동안 개고기 먹은 것이 미안해서 이름을 '소리(sorry)'라고 지었다. '너희 개들에게 참 미안하다.'는 뜻이다. 마침 가까운 데 있는 명산(名山)의 이름이 '소리산'이어서 참 좋은 이름이라는 생각이 들었다. 소리가 우리 집에 들어온 뒤로 나는 개고기를 입에 댄 적이 없다. 생후 5개월 되고부터 밤이면 인기척이 있는 쪽을 보고 짖어 주어서 퍽 고마웠다.

8년 전에는 소리의 짝이 될 만한 역시 하얀 진돗개 강아지 암컷을 한 마리 사들였다. 이름은 내가 지금 살고 있는 경기도 과천의 마을 이름을 따서 '하리'라고 했다. 소리와 하리는 우리 가족으로부터 맹렬한 사랑을 받았다.

그런데 어느 날 문득, 내가 소리와 하리를 너무 많이 사랑하는구나, 이런 깨달음이 왔다. 소리와 하리를 어딘가로 떠나보낼 자신도 없었다. 우리 부부는 소리와 하리를 합방시키지 않기로 합의했다. 소리와 하리는 둘 다 하얀 진돗개다. 합방시키면 하얀 강아지가 네댓 마리 태어날 터였다. 하지만 나는 그 많은 진돗개를 다 기를 자신이 없었다. 두어 달 기른 다음에는 어딘가로 보내야 하는데 나는 그 귀여운 강아지들과 헤어질 자신이 없었다. 소리와 하리에게는 미안한 일이지만 이 둘에게는 자식이 없다. 우리가 대(代)를 끊어 버린 것이다.

　고라니의 죽음을 경험하고 난 지 두 달, 소리가 시름시름 앓기 시작했다. 동물 병원에 자주 다녔다. 심장에서 사상충이라는 기생충이 말썽을 일으킨다고 했다. 시골집 전화 벨이 울릴 때마다 나는 깜짝깜짝 놀라고는 했다. 경기도 과천에서 소리를 돌보는 아들의 전화가 두렵기까지 했다.

　며칠 전 아침, 시골집에서 아들의 전화를 받은 아내가 소리의 소식을 전해 주었다. 죽었다고 했다. 아들에게 소리의 주검을 싣고 시골집으로 들어오라고 했다. 안 된단다. 짐승의 주검을 매장하는 것은 불법이라고 했다. 화장해서 뼛가루를 가지고 들어오겠다고 했다. 아들이 혼자 힘들어할까 봐 아내가 과천으로 나갔다. 그날 저녁 시골집 밤나무 밑에다 소리의 뼛가루를 묻고는 술을 꽤 많이 마셨다. 아마 아내 눈치를 보아 가면서 눈물도 훔쳤던 것 같다.

홀로 남은 하리가 걱정스러웠다. 8년을 마주 보고 살았으니 개들이 슬픔을 안다면 많이 슬플 터였다. 하리가 소리를 따라 죽으면 어찌 할까, 싶었다. 그러나 하리는 괴로워하는 것 같지 않았다.

문득 『아함경』 한 구절을 떠올렸다. 그렇지. 괴로움〔苦〕은 집착〔執〕에서 오는 것이거니. 집착하지 않는 하리에게 무슨 괴로움이 있으랴.

개한테 한 수 배웠다, 싶었다. 그나저나 하리와는 또 어떻게 헤어질꼬.

재앙은
홀로
오지 않는
법이기니

나는 앞에서 "나무 심은 자랑을, 좀 심하다 싶을 정도로 많이 해 왔다."로 시작되는 글을 썼다. 천 수백 그루를 심었다는 자랑도 하고, 몇 달 전에는 좀 배게 심은 나무를 솎아 내었다는 소식도 전했다. 굴삭기가 들어오고 대형 트럭이 들어오고, 중국인 인부 여섯 명이 들어와 엿새 동안 150여 그루의 나무를 캐어 나갔다는 자랑도 했다. 솎아 낸 나무값으로 물경 1000만 원을 받았다고 까불어 대는 데서 나의 자랑은 절정에 달했다. 그런데 너무 까불다가 싸개를 맞았다.

나는 알았어야 했다. 일을 당한 뒤에야 나는 어린 시절에 외운 『명심보감』 한 구절을 곱씹어 되새김질할 수 있었다.

'화불가단행'이요, '복불가재구'니라.

禍不可單行 福不可再求

재앙은 홀로 오는 법이 없고 복은 다시 구할 수 없는 것이거니.

6년 전에 집을 고쳤다. 그런데 지붕의 빗물이 제대로 흘러내리지 못했는지 추녀 아래에다 덧댄 합판이 썩어 가기 시작했다. 어찌나 볼썽사납게 썩어 문드러지는지 6년 만에 아주 헌 집이 된 것 같았다. 금년 여름은 국지성 호우가 잦을 것이라는 중장기 일기예보를 접하고는, 아뿔싸, 하는 마음에서 수리를 결심했다. 추녀 위의 방수 작업을 다시하고 배수 시스템을 바꾸고, 썩어 버린 합판을 새것으로 교체했다. 참 좋았다. 새집 같았다. 국지성 호우야, 올 테면 와 봐라, 나는 추녀 수리를 끝내었다, 이러면서 좀 까불었다.

추녀 공사 끝나기가 무섭게 시골집을 돌봐 주는 분에게서 전화가 걸려왔다.

"큰일 났습니다. 이번 큰비에 불어날 대로 불어난 골 물이 축대를 쳤습니다. 축대가 15미터 정도 무너지면서, 땅을 쓸어가 버렸습니다! 이 일을 어쩌면 좋습니까?"

시골집. 내가 심은, 그리고 내가 심하게 자랑한 나무들이 자라고 있는 곳이다. 마른침 삼키면서 기회를 보고 있다가 아내, 아들과 함께 시골집으로 차를 몰았다. 나보다 먼저 현장을 둘러보고 온 아들이 혀를 찼다.

"엉망진창입니다."

확인하고 싶지 않았지만 현장을 확인하고 처방을 내리기 위해 시골집으로 간 것이 아니던가? 참담했다. 골 물이 축대를 무너뜨리면서 밭 귀퉁이를 쓸어가 버렸는데, 내가 보기에는 쓸려 내려 간 땅이 일이십 평은 실히 될 것 같았다. 한숨을 쉬고 있는 나에게 아내는 서로 위로하자고 그랬는지 이렇게 말했다.

일이십 평은 무슨? 내 보기에는 서너 평에 지나지 않을 것 같은데.

문제는 쓸려간 밭뿐만이 아니었다. 밭 여가리('가장자리'를 뜻하는 양평 말)에다 심어 놓은 나무들이었다. 여가리에서 자라고 있던 은행나무, 산수유, 목련, 잣나무, 오가피는 흔적도 없었다. 나는 떠내려간 나무가 수십 그루 된다고 주장했고 아내는 또 수 그루에 지나지 않는다는 말로 우리가 당한 수해를 과소평가했다.

복구하려면 수백만 원이 필요할 것 같았다. 보고를 받은 면사무소는, 복구비 지원을 약속할 수는 없지만 만일에 지원이 결정되면 그 액수는 70만 원 정도가 될 것이라고 했다. 손이 부끄러웠다.

당장 복구하고 싶었지만 시골집에 계속 머물 수 없는 상황이었다. 서울로 나오는데 자꾸만 뒤가 돌아다보였다. 복구되지 못한 현장에 또 한 번 골 물이 덮치게 되는 사태가 몹시 걱정스러웠다. 또 한 번 골 물이 덮친다면? 나는 나무 속아서 판 돈을 몽땅 거기 쏟아 부을 수밖에 없게 된다.

옛사람들은 어찌 이리 눈이 밝은가? 유전우전(有田憂轉). 밭을 갖게 되는 순간 근심은 끝이 없게 된다는 뜻이리.

나무 속아 팔았다고 일희(一喜)하고, 나무 심은 땅 유실되었다고 일비(一悲)하는 내가 한심하다. 조심하자. 재앙은 홀로 오지 않고, 복은 다시 구할 수 없는 것이거니. 따라서 사소한 행불행에도 일희일비하지 말아야 하는 것이거니. 올여름에 내가 얻은 교훈. 그렇거니 재해 복구가 걱정이다.

내가 뿌린
씨앗,
내가 거둔
열매

떠난 자리

같은 마을에 사는 조각가 박 교수의 전화. 평소에 자주 전화 않던 분이다.

"오늘 저녁, 우리 집으로 오시오. 평사의 포도주를 개봉합시다. 우리 중학교 동기생들이 몇 명 올 거요."

"아니, 그 포도주 여지껏 간직하고 있었다는 말이오?"

"암, 나 혼자 마실 수는 없는 일이지."

평사의 포도주! '평사(平土)'는 2년 전에 세상을 떠난, 당시 MSU(미국 미시간 주립대학교) 석좌교수 임길진 박사의 아호(雅號), 미국 자택에서 고은 시인이 추인한 아호이기도 하다. 고은 선생이 볼펜으로 휘갈긴 첩지(牒紙) 비슷한 문서가 내게 남아 있다. 원래 한문이지만 한글 음역을 덧붙인다.

첩(牒) 시 휘암평사(示 輝巖平士) 일초산방(一超山房)

전하노니, 빛나는 바위 평사라 할 것이다. 일초산방.

'일초'는 고은 시인의 아호인데, 이 문서만 보면 영락없이 시인의 산방에서 쓰인 글 같다. 하지만 이 글이 쓰인 곳은 평사의 미국 자택 거실이다. 내가 곁에 있었다. 평사는 동양인으로는 처음으로 외국 국적의 미국 주립대학 학장을 지낸 분이다. 나는 미국에서 5년 동안 이분 곁을 맴돌면서 배우고 또 배웠다. 환경재단이 운영하는 '임길진 NGO 스쿨'에 그의 이름 석 자가 남아 있다.

내가 박 교수의 전화를 받은 것은 2005년 초가을, 평사가 세상 떠난 지 근 반년이 지난 시점이었다.

세상 떠나기 43일 전, 평사는 미국으로 떠나기에 앞서 포도주를 한 병 들고 내 집을 기습 방문했다. 묵은세배 하러 왔소, 하고 그는 말했다. 국제 신사였던 평사로서는 잘 않던 짓이었다. 내 공부방에서 차 한 잔 마신 평사는 느닷없이 중학교 동기동창인 박 교수 집으로 가자고 했다. 전화했어요? 내가 물었다. 기습 방문인데 전화하는 게 어딨어. 평사는 웃기만 했다. 박 교수는 집에 없었다. 평사는 자동차 트렁크에서 포도주 한 병 꺼내어 전하고는 나와 함께 그 집을 나왔다.

그리고 사흘 뒤 미국으로 떠났고, 40일 뒤 뜻하지 않은 교통사고로 미국에서 세상을 떠났다. 우리가 받은 충격과 슬픔은 컸고, 그 후유증은 오래 갔다.

평사의 죽음이 안긴 슬픔이 겨우 옅어질 즈음에 박 교수가 나에게 전화를 건 것이다. 평사 임길진 박사의 포도주 개봉합시다!

포도주 개봉하는 자리, 슬픈 자리가 될 것임을 나는 예감했다. 김광균의 슬프디슬픈 시 「은수저」 한 구절이 입안을 맴돌았다. 아이가 먼저 떠난 자리에서 아버지의 눈에 고이는 이 잔잔한 슬픔 한 자락을 보라.

산이 저문다
노을이 잠긴다
저녁 밥상에 애기가 없다
애기 앉던 방석에 한 쌍의 은수저
은수저 끝에 눈물이 고인다

다섯 명이 모였다. 포도주 잔은 여섯 개였다. 평사의 잔은 비어 있었는데, 내 눈에는 거기에 눈물이 고이는 것 같았다. 자꾸만 고이는 것 같았다. 그래서 평사 몫의 포도주를 그 잔에 따랐다. 그러고는 웃고 떠들어 대면서 평사가 남긴 포도주를 함께 마셨다. 평사의 잔은 조금도 줄어들지 않았다. 우리는 평사 몫의 포도주를 나누어 마시는 것을 끝으로 그날의 슬픈 모임을 마무리했다.

죽음은 죽는 순간에 이루어지는 것이 아니라 잊히는 순간에 이루어지는 것이라는 게 나의 생각이다. 이렇듯 잊히지 않고 있으니, 그 떠난 자리가 참 아름답다.

내가 뿌린
씨앗,
내가 거둔
열매

실화 쓰는데 실명 못 쓸 것 없지. 모든 것은 화수(화가+가수) 조영남에게서 시작되었다. 6월 하순, 오래전부터 가깝게 지내던 중견 신문기자로부터 전화가 걸려왔다. 기자 이름까지는 못 밝히겠다.

"오래 못 만났는데 한번 회동합시다. 좌장께서도 안부 궁금해하시고요."

모임의 좌장은 늘 화수 조영남이다. 우리 시골집에서 만나기로 했다.

아내의 컨디션이 썩 좋지 않았다. 하지만 아내는, 몸이 불편하기는 하지만 오랜만의 만남이고 하니 최선을 다해 보겠노라고 했다.

화수가 뜨면 우리 부부는 늘 긴장한다. 따르는 사람들

을 엄청 몰고 다니기 때문이다. 그날도 그는 열다섯 명이나 되는 대식구를 몰고 왔다. 우리 부부는 고기 굽고 텃밭에서 기른 푸성귀 다듬어 상을 차렸다. 도우미들이 의외로 많아서 아내가 큰 힘 들이지 않고 그 행사를 잘 치러 내는 것까지는 좋았다. 하지만 대식구 떠난 뒤의 설거지, 이거 장난이 아니다. 나와 아내는 설거지를 거의 끝낸 뒤에야 잠자리에 들 수 있었다.

아침에 일어나서 난로 곁을 보니 뭔가 허전했다. 「문어」가 사라진 것이다.

산골의 밤은 겨울에는 물론이고 봄과 가을에도 춥다. 추위를 유난히 타는 내가 딱했던지, 만화 『반쪽이』와 철공 작업으로 유명한 조각가 최정현 씨가 난로를 하나 만들어 주었다. 무쇳덩어리로 만들어 무게가 물경 150킬로그램이나 나가는 이 난로의 겉모습은 심해 탐사선을 연상시킨다. 지름 30센티미터가 넘는 둥그런 내열유리 여닫이는 흡사 잠수함이나 탐사선의 현창(舷窓) 같다. 반쪽이는 '언더 워터(海底)' 분위기를 돋우느라고 쇠 파이프로 무게가 10킬로그램은 실히 나갈 만한 문어 한 마리까지 만들어 난로 곁에 놓아 주었다. 우리 시골집 거실 한 귀퉁이는 그래서 분위기가 물밑처럼 무겁고 고요하다. 그런 분위기를 조성하던 「문어」가 잔치 끝에 사라진 것이다. 혐의자를 고르는 데 오랜 추리가 필요하지 않았다. 나는 이메일 날릴 준비를 했다.

몸이 불편한데도 불구하고 아내는 힘들게 상을 보아 무려 열다섯 명에 이르는 대식구를 대접했소. 나는 나대로 엉덩이 제대로 못 붙이고 동분서주했소. 그런데 「문어」가 사라지고 없군요. 조각가가 만들었으니 당연히 미술품 아니오? 미술품이 종적을 감춘 이 사태 앞에서 화가 나야 할 텐데, 어쩐지 슬퍼지오. 우리 부부를 슬프게 하지 마시오.

그러나 나는 이메일을 날리지 못했다. 내가 뿌린 씨앗, 내가 거둔 열매였다.

그로부터 5년 전 화수로부터 저녁 식사 초대를 받은 일이 있다. 식당에서 밥 먹고 거실에서 술 마시고 했는데 장식장 위 탁상시계가 유난히 내 눈길을 끌었다. 디자인이 그렇게 멋질 수가 없었다. 나는 좋은 물건 만나면 주인의 탁월한 안목을 침이 마르게 상찬하는 주의다.

"디자인이 정말 시원한 탁상시계로군요. 이탈리아 물건인 것 같아."

화수는 심드렁하게 대꾸했다.

"탐나면, 이따 갈 때 가지고 가. 선물 받은 거, 아무 생각 없이 거기 올려놓은 거니까."

그는 조형미에 대한 안목이 탁월한 만큼 아무 생각 없이 어떤 물건을 장식장에 올려놓을 사람이 아니다. 하여튼 그 시계를 보고 또 보고 하면서 꽤 많이 마셨다.

승강기를 타고 내려온 다음에야 그 시계 그냥 두고 나온 것을 알았다. 그날의 동행이었던 중견 신문기자가 총알같이 올라가더니 그 시계를 품고 내려와 내게 건네주었다. 그 시계 지금 망가진 채로 내 책상에 놓여 있다.

「문어」가 사라진 것을 알았을 때 내가 누구를 가장 먼저 의심했겠는가? 약이 오르기는 했지만 이메일 날리지 않기를 잘했다, 싶다.

신문기자는 지금 「문어」 돌려주겠다는 의사표시를 나와 가까운 지인에게 하고 있는 모양이다. 「문어」, 돌려받을 수 있으면 좋겠지만 저쪽에서 버틴다고 해도 내게도 지은 죄가 있는지라 할 말이 없다.

야, 조 기자, 「문어」 돌리도!

속 깊은
친구
이야기

내 친구 중에 유명한 소리꾼이 있다. '소리꾼'은 주로 판소리하는 사람에게 붙는 명칭이다. 하지만 내 친구는 판소리꾼이 아니다. 「봄날은 간다」, 「동백 아가씨」 같은 전통 가요를 잘 부르는 '가수'인데도 사람들은 내 친구를 '소리꾼'이라고 부르기를 즐긴다. 아마도 내 친구가 쌓아 온 국악 분야의 튼실한 내공 때문일 것이다.

가수들은 대체로 사석에서 노래 부르기를 즐기지 않는 것 같다. 내가 아는 가수 한 사람은 돈 안 받고는 절대로 노래를 부르지 않는다는 방침을 줄기차게 실천하고 있다.

하지만 이 소리꾼은 사례비와 상관없이 언제든 어디서든 노래를 불러 우리들을 즐겁게 해 준다. 해마다 성탄절 전후가 되면 내 집 공부방에는 20명 안팎의 친구들이 모이는데, 내 친구 소리꾼은 그 자리에서 몇 차례 노래를 불러 우리를 행복하게 해 주었다.

몇 년 전 내 딸 결혼식을 축하해 주러 온 내 친구 소리꾼이 내게 조심스럽게 물었다.

"지가 오늘 뭐 헐 일이 없었시유?"

그는 내가 축가 한 곡 부탁할 것으로 짐작했음이 분명하다. 음악을 부전공한 내 딸은 그 소리꾼의 열렬한 팬이기도 하다. 내가 청하기만 했다면 그의 노래로써 내 딸을 행복하게 만들어 줄 수 있었을 것이다. 하지만 나는 그에게 그런 수고는 하지 않아도 된다고 했다. 갑자기 노래를 청하면 그가 당혹스러워할 것 같았기 때문이다. 그것은 시도 때도 없이 노래 부르라는 성화에 시달릴 터인 그에 대한 나의 작은 배려이기도 했다.

약간 무안해하는 것 같은 그를 보면서 나는, 한 곡 부탁할걸 그랬나, 싶었지만, 그렇다고 해서 다시 말 꺼내기도 민망스러워 가만히 있었다.

올봄에 소리꾼 친구의 둘째 아들이 장가를 들었다. 잘 차려입고 아내와 함께 결혼식장으로 달려간 것은 물론이다. 하객이 글자 그대로 구름같이 몰려와 있었다. 내 친구의 어떤 면모가 그렇게 많은 사람들은 모았는가 싶었다. 줄 서서 20여 분 기다린 끝에야 차례가 되어 축의금 내고 그날의 혼주인 소리꾼 친구의 손을 잡을 수 있었다.

결혼식장에 들어가기 전에 다른 친구들과 이야기를 나누고 있는데 소리꾼 친구가 갑자기 내 손을 잡아끌었다. 혼주가 자리를 지켜야지, 하고 내가 퉁을 먹었다. 그런데 소리꾼 친구, 내게 뜻밖의 말을 했다. 둘째 아들과 며느리를 위해 덕담 한마디 해 달라는 것이었다.

"그렇다면 진작 알려 주었어야지. 이렇게 언 코 쥐어박듯이 갑자기 덕담하라면 내가 어째?"

나는 임기응변하는 재주가 없어서, 연설하거나 강의하기 전에 내용을 토씨 하나까지 외워 버리는 버릇이 있다. 코앞에 닥친 덕담 내용을 구성하자니 예식 장면도 보이지 않고 주례사도 귀에 들어오지 않았다.

차례가 오자 앞으로 나가 마이크 붙잡고 덕담이라는 걸하기는 했다.

집으로 돌아와 아내와 많은 이야기를 나누었다. 왜 내 친구 소리꾼은 진작 나에게 덕담해 달라고 요청하지 않았을까? 내 딸 결혼식 때 나는 소리꾼 친구의 입장을 배려해서 노래를 청하지 않았는데, 이 친구는 어째서 나의 입장은 배려하지 않고 갑자기 덕담을 요청했던 것일까?

결론 내기는 어렵지 않았다. 그는 바쁜 일정에 시달리는 내 입장을 배려해서, 덕담해 달라는 말을 명토 박아 하지

45

내가 뿌린 씨앗, 내가 거둘 열매

않았던 것이다. 덕담 순서를 기정사실화해 버리는 일은 결혼식 참석을 기정사실화하는 것이기 때문이다. 그래서 내가 결혼식장에 나타난 것을 확인한 뒤에야 갑작스럽게 내게 덕담을 부탁한 것이다.

이 속 깊은 소리꾼 친구 이름은 이 시대의 절창 장사익이다.

52년 저쪽에서
날아온
이메일

어느 날 아침, 전자우편함을 열고 내용을 확인하던 나는 놀라도 많이 놀랐다. 52년 전, 내 나이 열한 살 때 떠난 고향 마을 이야기 한 자락을 배경으로 하는 전자우편이 한 통 들어와 있었기 때문이다. 이메일 내용을 소개하되 고유명사를 되도록 노출시키지 않게 간접화법으로 옮겨 보겠다.

이 아무개 선생님, 저는 고 윤(尹) 아무개 면장님의 셋째 딸 아무개의 남편 김 아무개입니다. 이번에 의성군 춘산중학교 교장으로 발령받아 소식 전하게 되었습니다. 어찌어찌해서 전자우편 주소를 알게 되었습니다만, 사시는 곳 주소와 연락처를 알려 주시면 고맙겠습니다.

아, 윤 면장님! 우리는 남남이 아니었다. 진외가(아버지의 외가)가 파평 윤씨(坡平尹氏), 바로 그 댁의 종가(宗家)였다. 할머니 살아 계실 때는 우리 이가(李哥)보다는 윤씨 댁 손님이 더 많았다. 이런 연고로 우리는 윤 면장님 부부를 부를 때는 반드시 그 댁 택호에 따라 '부호 아재', '부호 아지매'라고 불렀다. 부호 아재 댁은 우리 집과 축대 하나를 사이에 두고 이웃해서 오래 살았다. 아재는 어른 아이를 불문하고 우리 마을 사람들 선망의 대상이었다. 어른들이 거렁뱅이 꼴을 하고 논밭에서 종처럼 일할 때 당시 면서기(面書記)이던 아재는 빳빳하게 다림질한 옥양목 노타이 차림에 일본제 자전거를 타고 면사무소에 출퇴근한 데다 굉장한 미남자였으니. 우리 고장에서 파평 윤씨는 썩 알아주는 양반이기도 했다.

셋째 딸 아무개도 기억난다. 별명이 '토끼'였다. 나보다 서너 살 어리지 않았나 싶다. 참 놀림을 많이 받았다. 하지만 나는 토끼를 많이 놀려 먹지 못했다. 아재의 딸이었기 때문이다. 하지만 그 아이에 대한 내 기억은 그다지 선명하지 않다. 내 나이 너무 어릴 때 고향을 떠난 데다, 토끼 나이가 나보다 너무 어려서 상대가 되지 않았던 것 같다. 우리가 먼저 마을을 떠났는지, 토끼네가 먼저, 면장으로 영전한 아버지를 따라 면 소재지 장터 마을로 떠났는지 그것도 내 기억에 선명하지 않다. 그 시점이 지금부터 대략 52년 전이다.

놀라워라. 춘산중학교 교장이라는 분. 며칠 후 두 번째 메일이 날아들었다.

토요일, 서울에서 처남이 내려와 두북동 선영에서 벌초를 했습니다. 바로 옆에 선생님 댁의 선산이 있다는 이야기를 두런두런 나누었습니다.

처남(아재의 막내 아들, 나의 중고등학교 후배)이야 불원천리 벌초하러 왔을 테지만 필시 환갑 넘겼거나 오늘내일일 터인 셋째 사위가 의성군 춘산면에서 군위군 우보면까지 걸음하기는 쉬운 일이 아니었을 것이다.

내가 태어난 곳은 군위군이지만 의성군과 인연이 더 깊다. 할머니는 의성군 비안면에서 사시다가 군위군으로 오셨다. 그래서 택호가 '비안댁'이다. 어머니 친정은 의성군 봉양면(鳳陽面)이다. 그래서 택호가 '봉산댁(鳳山宅)'이다. '봉양'이 너무 완벽하니까 택호를 슬쩍 구부리신 것 같다. 의성군 춘산면은 나의 매가(妹家, 누님 댁)가 있던 곳이기도 하다. 빙계(얼음 골짜기) 하고도 서원리가 바로 그곳이다. 빙혈(얼음 구멍)이 있는 곳으로도 유명하다. 걸어서 10분 거리

내가 뿌린 씨앗, 내가 거둔 열매

였다. 어린 시절 나는 형과 함께 매가에 몇 차례, 사오십 리 길을 일고여덟 시간씩 걸어서 오간 적이 있다. 여름철인데도 빙계 얼음 구멍의 온도는 영하를 밑돌았던 것 같다. 고드름을 따고 그랬으니까. 빙계 서원리에는 빙산사터 5층 석탑도 있다. 참 유서 깊은 곳이다.

추석 선물 중에 춘산 면 소재지 중학교 김 아무개 교장이 보낸 사과 상자가 들어 있는 것을 보고는 소스라치게 놀랐다. 아, 이분은 인연을 이렇게 잇는구나 싶었다. 이으면 인연이요, 끊으면 절연인 법. 내 가슴에 손을 얹고 물어보았다. 너는 인연을 잇느냐? 끊느냐? 나는 세계 수십 개국을 돌아다니며 온갖 종류의 사과를 다 먹어 보았지만 김 교장께서 보내 주신 내 할머니의 고향, 내 어머니의 친정, 내 누님의 시집인 의성군의 그 '능금'만큼 맛있는 사과는 먹어 본 적이 없다. 나는 무엇을 보낼꼬.

모든
경계에는
꽃이
핀다네

　23년 전인 1987년, 중학교 시절부터 가까웠던 친구들 여럿이 우리 집에 모였다. 나와 가장 가깝게 지내던, 종합 병원 전문의이자, 의과대학 교수 하던 친구가 갑자기 미국 으로 떠나게 되어 송별회를 겸하는 자리였다. 옛 친구들 참으로 오래간만에 모이는 자리여서 우리 집은 잔치 분위 기였다.

　하지만 우리는 오래간만에 만난 그 자리에서 옛 정을 나누지도 못했고 두텁게 쌓인 회포도 풀지 못했다. 이야기 좋아하고 말장난 좋아하는 나에게는 악몽의 밤이었다. 어 째서? 미국으로 떠나는 그 친구, 의사, 의과대학 교수 마 다하고 성직자가 되기 위해 미국의 신학대학으로 떠나기 로 결심했을 정도로 독실한 신자였다. 그날 밤, '마이크'는 그 친구 혼자서만 잡았다. 나는 그의 맹렬한 '설교'는 듣는 둥 마는 둥 술병만 비웠다. 그는 자정 무렵까지 '설교' 보따리를 풀어놓고는 며칠 뒤 미국으로 떠났다.

미국 땅에 10여 년을 살았지만, 목사 친구가 사는 머나먼 캘리포니아 주까지 자동차를 몰고 간 적은 있지만, 우리는 서로 만나지 못했다.

지난 2월, 목사 친구의 전자우편이 느닷없이 날아들었다. 서울에 와 있다, 한번 만나자! 23년 만의 만남, 가슴이 뛰었다. 23년 전의, 그 악몽 같은 밤이 떠올라서 두렵기도 했다. 한평생 성경 책을 끼고 살다시피 하는 나에게도 그런 밤은 싫었다.

호텔 찻집에서 만났다. 정장 차림에 까만 가죽 가방을 든 중늙은이의 모습을 상상했다. 그런데 아니었다. 턱수염 기른 데다 허름한 캐주얼 차림에 빵모자까지 쓰고 있었다. 놀라운 것은 그가 인터넷을 통해 내 일상을 꿰뚫고 있다는 점이었다. 심지어는 내가 주말을 어떻게 보내는지 그것까지 알고 있었다. 더 놀라운 것은 호텔의 중국 음식점에서 우리 사이에 이런 말이 오갔다는 것이다.

"윤기, 여유 있거든 중국 술, 비싼 것 좀 시켜라."

"어, 목사님이 술을 다 하셔?"

"이따금씩 일본 '사케'를 즐겨. 그래서 욕 많이 먹어."

"청주? 안 마시는 줄 알았는데? 책도 성경 말고는 안 읽는 줄 알았는데?"

"네가 펴낸 책, 미국 집에 거의 다 있다."

이틀 함께 있었지만 기독교 이야기는 한마디도 나누지 않았다. 재벌가 맏사위였던 그는, 깊고 넓은 목사, 청빈한 성직자가 되어 있었다. 23년 전과는 달리 그는 다른 종교도 충분히 존중하는 것 같았다. 그가 미국으로 떠난 뒤, 내가 보낸 전자우편 끝에 짓궂게 '합장'이라고 썼다. 그가 '합장'으로 화답했다.

내 책 머리말에 쓴 바 있거니와, 나는 신학대학 출신인데다 예수님의 향긋한 말씀을 너무 좋아해서 스님들로부터는 예수쟁이로 몰리고, 부처님과 선불교를 좋아해서 기독교인들로부터는 '절집 처사'로 몰려 본 특이한 경험의 소유자다. 경상도 사람인데도 전라도 문화를 너무 좋아해서 동창들로부터 '족보가 의심스러운 놈', 전라도 친구들로부터는 '무신경한 경상도 놈'으로 낙인 찍혀 본, 참 억울한 사람이다. 영어 책 번역을 생업으로 삼은 데다 미국에 오래 머물렀던 탓에 한글 순혈주의자들로부터는 '미국 놈 똥구멍 빨다 온 놈', 진보적인 어문학자들로부터는 '언어 국수주의자'로 몰린 적이 있는, 자타가 공인하는 회색분자다.

나는, 낮도 아니고 밤도 아닌, 석양 무렵 혹은 동틀 무렵을 좋아한다. 인도 말로는 이런 순간을 '드히아나'라고 한다지 아마. '선(禪)'이라는 말이 여기에서 나왔다지 아마. 눈 감은 것도, 뜬 것도 아닌 상태. 확실하게 아는 것도, 전혀 모르는 것도 아닌 상태. 나는 앎과 모름의 가장자리를 서성거릴 때 행복을 느낀다.

모든 경계에는 꽃이 핀다

내가 참 좋아하는, 함민복 시인의 시집 제목.

모르는 사람들아, 내가 가르치겠다
너희가 끝내 모르도록

내가 참 좋아하는, 독일 시인 라이너 쿤체의 시구.

위대한
침묵

여자 때문에
망했다고?

신화에 나오는 영웅들의 행적이 서로 비슷하다는 것을 처음 안 사람 같으면, 거참 이상하다, 이럴 것이다. 서로 문화적 교류가 있었던 것도 아닌데 서로 비슷하다. 그러나 여러 나라 신화를 견주어 가면서 읽기를 좋아하는 나는 이걸 별로 이상하게 생각하지 않는다.

나는 그리스의 영웅 헤라클레스와 중국의 영웅 신예(神羿)의 한살이를 견주어 보면서 읽다가 여러 번 놀랐다. 이 두 영웅은 순수한 인간이 아니다. 헤라클레스는 천신 제우스와 인간세계의 여인 사이에서 태어났으니 반신(半神)이다. 신예는 이 세상 사람이 아니라 원래 천신(天神)이었다. 그런데 이 두 영웅의 삶은 바로 이 인간세상에서 펼쳐진다. 이들이 한 가장 중요한 일은 인간의 삶을 어렵게 하는 괴물을 퇴치한 것이다. 공통점은 여자 때문에 망했다는 것이고.

하늘에 태양이 열 개나 떠서 이 땅을 불태우고 있을 때의 일이다. 하늘에서 급파된 명궁 신예는 활을 쏘아 태양을 하나씩 떨어뜨렸다. 신예가 태양이 떨어진 곳 가 보니 다리가 세 개인 까마귀가 죽어 있었다. 다리가 세 개인 까마귀, 바로 태양을 상징하는 '삼족오(三足烏)'다.

헤라클레스는 태양을 향해 활을 겨누어 본 경력이 있는 유일한 영웅이다. 떨어뜨린 것은 아니지만 소년 시절에 한 번, 그리고 장성한 뒤에 한 번, 이렇게 두 번 태양을 향해 활을 겨눴다.

신예는 상림(桑林)이라는 곳에서 거대한 멧돼지를 잡았다. '봉희'라는 이 멧돼지는 농사를 망치는 것은 물론 가축까지 잡아먹었다. 신예는 이 멧돼지를 사로잡아 인근의 백성들을 기쁘게 했다.

헤라클레스는 에리만토스 산에서 멧돼지를 잡았다. 헤라클레스는 이 멧돼지를 산골짜기에 쌓인 눈 속으로 몰아넣은 다음 사로잡아 인근의 백성들을 기쁘게 했다.

신예는 '구영'이라는 괴물을 없앴다. 구영은 머리가 아홉 개 달린, 물도 뿜어내고 불도 뿜어내는 괴물이었다. 신예는 활을 쏘아 구영을 죽였다.

헤라클레스는 '히드라'라고 하는 물뱀을 없앴다. 히드라는 대가리가 아홉 개 달린 물뱀이다. 대가리 하나를 자르면 잘린 자리에 두 개가 솟아나는 그런 괴물이었다. 헤라클레스는 잘린 자리를 차례로 불로 지짐으로써 이 히드라를 죽였다.

신예는 '대풍'이라는 사나운 새를 만났다. 신예는 화살에다 푸른 실을 매어 이 새를 쏘았다. 화살에 맞은 대풍은 필사적으로 도망쳤다. 그러나 신예가 실을 당기자 대풍은 하릴없이 땅으로 끌려 내려왔다.

헤라클레스는 스튐팔로스 숲에서 새 떼를 물리쳐야 했다. 하지만 이 새들은 헤라클레스가 누구인지 잘 알았던지 도무지 나타나지 않았다. 헤라클레스는 청동 꽹과리를 두드려 새들을 놀라게 한 뒤, 날아오르는 새를 활을 쏘아 한 마리씩 떨어뜨렸다.

신예에게는 '항아'라고 하는 아름다운 아내가 있었다. 그런데 어느 날 강의 신 하백의 아내 복비를 보는 순간 한눈에 반하고 말았다. 이를 질투한 항아는 부부 몫으로 서왕모 여신에게서 얻어 둔 불사약을 혼자 다 먹고는 달나라로 날아가 버렸다. 신예는 인간세상을 방황하다가 봉몽이라는 제자의 복숭아나무 몽둥이에 맞아 목숨을 잃었다. 제사상에 복숭아를 올리지 않는 까닭, 집 안에다 복숭아

나무를 심지 않는 까닭은 여기에 있다.

헤라클레스에게는 '데이아네이라'라고 하는 아름다운 아내가 있었다. 그런데 그가 이웃나라를 쳐서 '이올레'라고 하는 아름다운 공주를 포로로 잡은 적이 있다. 질투한 아내는 치명적인 독이 묻은 옷을 입힘으로써 지아비에게 엄청난 고통을 안겼다. 결국 헤라클레스는 스스로를 불태움으로써 이승 삶을 마감한다.

모계사회의 경우, 배 속의 아기의 아버지가 누구인지는 어머니밖에 몰랐다고 한다. 모계사회에 대한 남성의 모반인가? 그래도 그렇지, 여자 때문에 망했다니!

좋은 말 몇 마디,
감옥이
되는 수도
있다

시골살이 어느덧 10년이다. 온전히 시골집에서만 살다시피 한 것은 2년, 도시 집과 시골집 오가면서 한 드난살이 세월이 8년이다. 봄 오시던 나날이 엊그제 같은데 벌써 가을 끝물이다. 감회가 없을 수 없다.

자연에 묻혀 자연을 즐기면서 사는 것은 좋아하는데, 그 자연을 찬양하는 짓을 나는 그다지 좋아하지 않는다. 봄이 와도 나는 5월을 예찬하지 않고, 여름이 와도 나는 '녹음방초 승화시(綠陰芳草 勝花時, 짙은 그늘과 여름 풀꽃이 봄꽃보다 낫구나.)'를 노래하지 않는다. 봄이 되면 산나물 먹는 맛이 그저 그만이고 여름이 오면 내 손으로 가꾼 채소 거두어 먹는 재미가 쏠쏠할 뿐이다. 가을이면 밤이 익는다. 몇 되 좋이 주워 밤에 구워 먹는 밤, 겨울에 뒤져 먹는, 그동안 갈무리해 둔 먹을거리, 좋기는 하지만 나는 이것을 굳이 '예찬'까지 하지는 않는다.

좋은 기억과 아픈 기억이 반반씩이다. 연장 바꿔 쓸 때마다 잡히는 곳이 달라지는 쓰라린 물집, 큰 눈 오신 밤, 마을로 통하는 산길 뚫느라고 사투를 벌이다 몸살을 있는 대로 앓은 날들, 이런 것들이 아픈 기억의 목록에 속한다. 좋은 기억, 많지만 나는 말로도 잘 하지 않고 글로도 잘 쓰지 않는다. 혹 좋은 기억을 털어놓을라치면, 사진 기자 상주시킬 테니 글 써서 책으로 펴내자는 출판인 친구도 있다. 나는 그런 짓 못한다. 연원의 뿌리가 좀 깊다.

스물한 살 한창 나이 때, 서울 공부 작파하고 고향 인근 시골집에 근 한 해 가까이 입영 영장 기다리면서 숨어 산 적이 있다. 그때 읽은 좋은 책의 좋은 말 몇 마디가 나에게는 감옥이 되었다. 한번 읽어 보시라. 옛말 한 구절, 축구 골대처럼 세워 놓고 거기에다 공 넣으려고 센터링, 코너킥은 물론 별의별 발재간을 다 부리는 글쓰기, '꼰대'들이 단골로 쓰는 수법인데, 아, 나도 벌써 그 시늉을 하자는 것인가? 하여튼 중국 명(明) 나라 때 쓰인 『채근담』의 몇 구절이다. 『채근담(菜根譚)』, 푸성귀, 풀뿌리같이 담백한 것과 함께하면서 사는 아름다운 삶의 어록이다.

산중에 숨어 사는 삶을 너무 찬양하지 말라. 산중의 참 깊은 맛을 아직 깨닫지 못한 증좌이거니. 명리(名利) 입에 올리는 것을 너무 꺼리지 말라. 아직 명리의 미련을 못 다 잊은 증좌이거니.

談山林之樂者 未必眞得山林之趣 厭名利之談者 未必眞忘名利之情

이 몇 마디가 스물한 살 청년의 정신에는 맹독(猛毒)이 되어 퍼져 나갔다. 내가 즐겨 치는 역설(逆說)의 말장난에 따르면 이것이 바로 '명저(名著)의 해독(害毒)'이다. 명저에 걸려 있는 고압의 전하(電荷)가 미처 여물지 못한 독자의 정신에 과부하(過負荷)로 걸리는 경우를 나는 이렇게 부른다. 그러니까 이른바 명저라고 하는 물건과 덜 여문 독자의 정신 사이에, 퍼버벅, 방전 현상이라도 일어나면 독자는 이로 인해서 코에 걸리게 된 편집증적 색안경으로 세상을 보게 되는 것이다. 종교 경전, 특히 기독교의 성서는 이런 의미에서 역설적으로 매우 위험하다.

그렇거니 스물한 살짜리 청년에게, 산전수전 다 겪은 홍자성(洪自誠)의 『채근담』이 가당키나 한가? 애늙은이 시늉의 시작이었다.

10여 년 전 시골집 좀 넓은 뜰에다 백목련(白木蓮) 자목련(紫木蓮)을 100여 그루 심었다. 사오 년 전부터는 꽃이 장관이어서 친구들 열댓 명씩 불러 '목련제(木蓮祭)'를 빌미로 술판을 벌이기도 했다. 몇 년 그러다 정신이 번쩍 들었다. 『채근담』으로 얻은 병이 도진 것이다. 작년에 목련을 반으로 줄였다. 목련제 모임도 심드렁해졌다. 오는 손님 막지는 않겠지만 이제 자아 가며 부르지는 않을 것 같다.

가을 오고 가는 것, 아름답기는 하다. 단풍 들고 잎 떨어지는 것은 저희들 살림일 뿐이다. 언제 자연이 우리에게 눈길이나 주던가? 천지불인(天地不仁) 아니던가? 천지가 언제 인간에게 어질던가? 천지자연에게 인간은 '짚으로 엮은 개(芻狗)'에 불과한 것 아니던가? 그렇거니 주말에 시골 집 가면, 때 되어 물러앉는 가을 바라보면서 오래 끊고 있던 술이나 한잔 혼자 맛나게 마셔야겠다.

정말
그 이름들이
내게
스며들어
있을까?

10여 년 전, 터키와 그리스를 여행했다. 내가 일삼아 겨냥한 곳은 사실 서양 고대 문명의 발상지로 불리는 그리스였다. 하지만 터키 일주 여행의 감회와 이 감회로부터 얻게 된 수확 또한 만만치 않았다. 특히 인상 깊었던 것은, 걸핏하면 기원전 몇 십 세기를 오르내리는 그 나라들의 역사였다. 유물이나 유적이 엄연하게 남아 있었던 만큼 나는 그 역사의 깊이나 진정성을 도저히 부정할 수 없었다.

특히 인류 역사상 가장 오래되었을 것이라는, 터키 중북부의 잘 복원된 고대 도시의 인상은 오래 지울 수 없었다. 자그만치 기원전 60~70세기의 유물과 유적이라고 했다. 기원전 60~70세기의 물건들이라면 지금으로부터 8000~9000여 년 전의 유적이나 유물들이 아닌가? 그

복원된 고대 도시에서 나는, 경주 나정(蘿井)에서 박혁거세가 내리고 계림(鷄林)에서 닭이 울었다는 우리의 신화를 떠올렸다. 상대적으로 일천한 우리 신화시대를 떠올리고 있으려니 기가 좀 꺾였다.

그것은 그렇다 치고, 귀국한 뒤로는, 한동안 그 고대 도시를 잊고 살았다. 그런데 여행에서 돌아온 지 일이 년쯤 지났을 때였던가? 경기도 양평의 시골집에서 호미로 밭을 매고 있자니 호미 끝에 질그릇 파편이 자꾸 걸려 나왔다. 옛날에는 그 밭이 필경 사람 살던 집 터였으려니 여기면서 계속해서 밭을 매는데 문득 터키의 고대 도시가 떠올랐다. 그런데 아뿔싸, 이를 어쩌면 좋은가? 그 도시 이름이 도무지 떠오르지 않았다. 기억력 하나는 썩 괜찮다고 자부하던 사내에게 겨우 50대 중반에 그런 일이 일어나고 있었다. 호미 내려놓고는 잣나무 그늘 찾아 땀 들이면서 마음을 가다듬고 생각을 뒤적거려 보았지만 소용이 없었다. 속수무책이었다. 공부방으로 돌아가 컴퓨터를 켜 보았지만 당시의 인터넷 검색 엔진은 나에게 별 도움을 주지 못했다. 다시 밖으로 나와 호미질을 계속했다. 하지만 나의 기억력은, 입가를 뱅뱅 맴도는 그 고대 도시의 이름을 불러내지 못했다. 그런데 참 이상한 일이 일어났다. 내가 이름을 알지 못하는 새 한 마리(나는 새 이름, 푸나무 이름에 어둡다.)가 머리 위를 지나가면서 서너 차례 울거나 노래했다. 구체적으로 어떻게 울거나 노래했는지는, 그 당시도 그렇지만 지금도 기억나지 않는다.

샤타르르 후이유크, 샤타르르 후이유크……

이런 소리를 내었던가? 어찌 되었든 그 소리를 듣는 순간 나는 그 고대 도시의 이름을 기억해 내었다. '샤탈 휘유크', 혹은 '차탈 휘유크'였다. 이름도 알지 못하는 새 한 마리가, 터키에 있는 고대 도시의 이름을 나에게 귀띔해 줄 수 있는가? 없다. 있다고 한다면 날아가는 새들이 웃겠다. 『새들은 제 이름을 부르며 운다』…… 여류 소설가 김형경의 소설책 제목이다. 그러면 그 새 이름이 '샤탈 휘유크'였나?

60대에 접어들면서 뭘 기억해 내는 힘이 현저하게 줄어든 것을 자주 느낀다. 줄줄 외고 다니던 무수한 고유명사들이 시도 때도 없이 턱턱 막히는 것이다.

컴퓨터를 열고 인터넷 검색 엔진의 도움을 받을 때가 있기는 하다. 하지만 나는 되도록 내 힘으로 그 이름들을 기억으로부터 호명해 내고 싶어 한다. 친절하게도 노랫말을 일일이 화면에다 퍼 올려 주는 노래방 모니터에 여러 번 속은 경험 때문이다. 내게는, 노래방 몇 차례 다닌 뒤부터 노랫말 외는 재주를 깡그리 날려 먹은 쓰라린 과거가 있다.

아무래도 무수한 고유명사들이 내 기억 어딘가에 스며들어 있을 것 같다. 나는 이들을 자력으로 마중하려고 퍽 애를 쓴다. 애를 쓰다 보면 마음 아니면 생각의 자리에서 흐릿한 구정물 같은 것이 풍풍 솟아오르는 것 같다. 그 물의 앙금 가만히 가라앉힐라치면, 오래 잊고 있던 이름들이 얼굴을 드러낼 때가 자주 있다.

나는 이미 많은 정보를 내 기억의 창고에다 우겨 넣었다. 더 우겨 넣는 수고가 망설여진다. 그래서 가만히 기다리면서 구정물이 맑아질 때를 기다리는 일이 자주 일어난다. 자주 나 자신에게 묻는다. 더 알아야 하는가? 우겨 넣는 짓 이제 그만하고 가만히 되새김질해 볼 때가 된 것 같은데, 아닌가?

나는
문화가 무섭다

나는 일제 강점기에 태어난 사람이 아닌데도 불구하고 일본 문학과 꽤 깊이 사귀었다. 많은 작품을 일본어로 읽었다. 내 나이 올해 예순셋. 어느덧 중늙은이가 되었는데 요즘 들어 젊은 나이에 죽은 두 일본인 천재의 시구들이 자꾸 내 마음을 들락거린다. 문화의 힘이다. 나는 문화가, 일본 문화가 무섭다.

먼저 후지무라 미사오〔藤村操〕라는 청년. 1886년 생이다. 겨우 열여섯 살 나이에, 세상은 불가해(不可解)하다는 것을 깨닫고, 닛코〔日光〕에 있다는 폭포에서 1902년에 투신자살한 앳된 청년이다. 이 불가지론자(不可知論者)가 남긴 「사세(辭世)의 구(句)」, 즉 세상을 버리면서 쓴 시구는 지금도 내 가슴을 친다.

유유(悠悠)하도다, 천양(天壤)

요요(遼遼)하도다, 고금(古今)

5척의 단구(短軀)로 어찌 이 무궁을 헤아릴 수 있으랴

호레이쇼의 철학으로도 답을 알 수 없구나

그러므로 만유의 진상은 이 한마디에 들어 있으니,

바로 '불가해'

그가 투신자살한 폭포는 일본 젊은이들의 자살 명소가 되어 관청의 특별한 관리가 필요했다고 한다. 내가 이 시구를 처음 접한 것은 열여덟 살 여름. 후지무라와 비슷한 나이였다.

공교롭게도 같은 해(1886년)에 태어나, 1912년 스물여섯 살에 세상을 떠난 시인 이시카와 다쿠보쿠(石川啄木)의 시를 집중적으로 읽은 것도 그즈음이다. 후지무라가 세상의 비의(秘儀)를 '불가해'로 규정하고 폭포에서 뛰어내려 목숨을 끊은 것과 달리 이시카와는 삶의 비밀을 집요하게 추적, 벼랑 끝까지 몰고 간 시인이다. 나에게 그의 시는 '미리 죽어 두는 죽음'이었다. 다음과 같은 짧막한 시구들이 내 기억에 조각조각 남아 있는데, 애간장 녹일 듯이 슬픈 시편들이어서 10대 후반에 읽을 때는 많이 울었다.

장난삼아 어머니 업고
너무 가벼워서 눈물 참을 수 없네
세 걸음도 못 옮기고

무작정 기차를 타고 싶었을 뿐
탔던 기차 내리자
어디 더 갈 곳이 없다

그저 울어 보고 싶어서
와서 자 보는
여관 집 이부자리

   이 시인이 조선이라는 나라, 안중근 장군이라는 조선인을 노래했다는 것을 안 것은 먼 뒷날의 일이다. 안중근을 염두에 두고 쓴 것으로 보이는 「코코아 한 스푼」은 어떤 시인가?

나는 안다, 테러리스트의
슬픈 마음을
말과 행동으로 나누기 어려운
단 하나의 그 마음을

빼앗긴 말 대신에
행동으로 말하려는 그 심정을 (중략)

끝없는 논쟁 뒤
싸늘하게 식어 버린 코코아 한 스푼 홀짝거리며
혀끝에 닿는 그 씁쓸한 맛으로
나는 안다, 테러리스트의
슬프고도 슬픈 마음을

지도 위 조선 나라를
검디검도록
먹칠해 가는 가을바람 듣다

잊을 수 없는 표정이다
오늘 거리에서 경찰에게 끌려가면서도
웃던 사내는

누가 나에게 피스톨이라도 쏘아 주렴
이토(히로부미)처럼
죽어나 보게

일본이라는 나라, 마음에 들었다 안 들었다 하는데 대체로 마음에 안 들 때가 많다. 하지만 일본에 대한 공부, 눈 부릅뜨고 해야 한다는 것이 나의 생각이다.

위대한
침묵

알렉산드로스 대왕이 동방을 원정할 때의 일이다. 원정
대는 오늘날의 터키 남부 지역에서 여러 날을 지체했다. 알
렉산드로스가 병이 났기 때문이었다. 역사가들은 이때 있
었던 일이 알렉산드로스라는 인간의 크기를 가늠해 볼 수
있게 하는, 알렉산드로스 이야기의 꽃이라는 데 동의한다.

  총사령관의 와병으로 원정이 지체되고 있는데도 진중의
의사들은 손을 쓰려 하지 않았다. 혹 일이 제대로 되지 않
았을 경우 책임 추궁이 두려웠던 탓이다.

  그런데 단 한 사람, 즉 시의(侍醫) 필리포스만은 만일의
경우 책임 추궁 당할 각오를 앞세우고 자기 책임을 다하기
로 결심했던 모양이다. 필리포스는 초주검이 되어 있던 알
렉산드로스를 치료하고 있었다.

그런데 알렉산드로스의 부장(副將)으로부터 서판(書板) 한 장이 날아들었다. 알렉산드로스가 읽어 보니 내용이 다음과 같았다.

필리포스는 시의가 아니라 페르시아 왕이 보낸 자객입니다. 왕은 그에게, 전하를 독살하는 데 성공하면 공주와 혼인을 성사시킬 것을 약속했다고 합니다.

읽기를 끝낸 알렉산드로스는 그 서판을 베개 밑에 감추었다. 곧 필리포스가 탕약 그릇을 들고 들어와 병석으로 다가왔다. 왕은 아무 말 없이 서판을 필리포스에게 건네준 다음 탕약 그릇을 받아들었다. 왕은 탕약을 마시면서 서판을 읽는 시의를 바라보았고, 시의는 서판을 읽으면서, 탕약을 마시는 왕을 바라보았다.

알렉산드로스의 표정은 환자의 표정 같지 않게 맑고 밝았다. 그는 끝없는 믿음과 신뢰가 실린, 전에 없이 따뜻한 시선을 필리포스에게 던지고 있었다.

서판을 읽은 필리포스는 두 팔을 벌리고 천장을 올려다보며 신들의 이름을 부르고, 왕의 발치에다 몸을 던지고는, 부디 의심하지 말아 줄 것을, 부디 믿어 줄 것을 간청하고 싶었다. 그러나 그는 침묵했다.

위대한 침묵

필리포스가 왕의 발치에 몸을 던지는 순간, 경호병들은 일제히 칼을 뽑아 들었다. 바야흐로 알렉산드로스가 탕약 그릇을 던지는 순간은 필리포스의 육신이 경호병들의 칼날에 도륙되는 순간이었다.

그러나 왕은 여전히 맑고 밝은 얼굴을 한 채 탕약 그릇을 비웠다. 시의는 가슴에다 서판을 껴안은 채 왕의 발치에 엎드려 꼼짝도 하지 않았다. 약 기운이 돌기 시작하자 알렉산드로스의 눈빛이 흐려지면서 단호한 기운이 서려 있던 입술 주위의 힘살이 풀어지기 시작했다. 곧 그는 모로 쓰러지면서 혼수상태에 빠졌다.

그러고는 얼마 후, 잿더미를 털고 일어나는 불사조처럼 그는 원기를 되찾고 병석에서 일어났다. 그의 금도는 두고 두고 원정군 사이에서 얘깃거리가 되었다. 보라, 알렉산드로스는 이로써 목숨을 걸고 한 사람을 얻게 된다. 침묵의 힘이었다.

몽골 제국이 성립한 직후 카라코룸을 제국의 수도로 삼은 우구데이 칸은 칭기스칸의 셋째 아들이다. 소유의 욕망을 알지 못하는 가장 몽골적인 인간 우구데이는, 카라코룸에다 궁궐을 지어 놓고도 자신은 초원의 게르(천막집)에서 살았다는 인물이다. 그의 인품을 짐작하게 하는 이야기가 일본 작가 진슌신(陳舜臣)의 소설 『야율초재』에 감동적으로 그려져 있다. 초재는 몽골 제국의 성립에 깊숙하게 관여한 금나라 출신 재상이다. 몽골 제국이 성립된 뒤에도 그의 형 야율변재와 야율선재는 몽골에의 투항을 거부하고 옛 금나라 땅에 머물고 있었다. 야율초재로서는 형들의 구명을 황제에게 탄원할 수 없는 형편이었다.

"변경에는 공자의 51대손이 살고 있다. 찾아내어 연성공 작위를 줄 것."

황제가 칙서를 검토하면서 명했다. 칙서 초고는 초재가 작성한 것이었다.

"빠진 게 있구나. 하나 더 첨부해야 하겠지?"

황제는 조서를 쓰는 관리를 향해 천천히 말했다.

"변경에 있는 야율변재와 야율선재의 가족을 보호할 것."

"아, 그것은…… 폐하……."

야율초재는 더 말을 잇지 못하고 다시 바닥에 엎드렸다. 그 조항만은 그가 탄원했던 내용에 포함되어 있지 않았다.

알렉산드로스와 필리포스의 침묵, 야율초재의 침묵을 묵상한다. 무수한 말과 주장 들이 똥 덩어리처럼 둥둥 떠다니는 이 시대에.

터키의
'흐린 주점'에서

1999년 2월, 나는 터키의 대도시 이스탄불의 한 술집에 앉아 있었다. 비가 추적추적 내리는 날이었다. 젊은 교수들과 작당, 그리스와 터키를 여행 중이었다. 술집에서는 흑해가 내려다 보였다.

아, 흑해!

그리스 사람들은 바다를 두 가지 이름으로 불렀다. '오케아노스'와 '에욱세이노스'가 그것이다. 바다가 우호적으로 느껴질 때는 '오케아노스'라고 부른다. 바다를 뜻하는 영어 '오션(Ocean)'은 바로 여기에서 온 말이다. 바다가 심술궂게 느껴질 때는 '에욱세이노스'라고 부른다. '적대하는 바다'라는 뜻이다.

신화시대의 그리스인들에게 흑해는 '오케아노스'가 아

니었다. '에욱세이노스'였다. 그들에게 흑해는 거의 죽음의 바다였다. '쉼플레가데스' 때문이었다. '박치기하는 두 개의 바위섬'이다. 이 두 개의 바위섬은 흑해를 항해하는 배들을 노리고 맹렬하게 다가와 배를 사이에다 두고 박치기를 한다. 배가 어떻게 되겠는가? 산산조각이 나지 않겠는가?

신화가 전하는 이야기에 따르면 배를 몰고 최초로 이 쉼플레가데스를 통과한 그리스인은 이아손이다. 이아손은 목숨을 걸고 북방의 나라 콜키스까지 항해하여 금양 모피(황금 양의 모피)를 수습해 온 영웅이다.

1999년 2월 흑해를 내려다보면서 내가 떠올린 인물이 정확하게 '아르고나우타이(아르고 원정대)'를 이끌고 콜키스를 다녀온 영웅 이아손이었다. 흑해가 내려다보이는 터키의 '흐린 주점'에서 나는 주먹을 불끈 쥐었다.

그렇다, 나도 나의 흑해를 건너자!

영웅 이아손의 목적지는 콜키스였지만 나의 목적지는 그리스였다. 로마였다. 나는 그리스와 로마의 신화 현장과 박물관을 샅샅이 뒤지고 다니기로 결심했다. 문제는 경비였다. 8년째 미국에 머물고 있을 때여서 경제적으로 넉넉하지 않았다. 그리스와 로마의 신화에 관련된 책을 네 권이나 쓰고 수십 권을 번역했지만 미국에서의 생활은 늘 빠듯했다. 그러나 나는 가야 했다. 나의 흑해를 건너야 했다. 터키에서 그리스로 날아갔다. 약 한 주일간의 빠듯한 일정이었지만 나는 그리스를 탐색했다. 그러고는 한국으로 돌아왔다.

두려웠다. 그리스 말, 이탈리아 말은 나에게 생판 외국어였다. 영어로 버틸 수 있을까? 두려움이 밀려왔다.

한국으로 돌아와 삼사 개월 머물면서 준비 작업을 시작했다. 다행히 지원하겠다는 출판사가 더러 있었다. 카메라 장비를 빌려 주겠다는 사람도 있었다. 1999년 7월 나는 미국으로 가서 카메라 다루는 법을 혼자 연습했다. 미국에서 그리스로 떠날 때는 아내와 동행이었다. 세 대의 카메라가 따라붙었다. 렌즈 때문에 무게가 엄청났다. 슬라이드 필름만 500여 통을 준비했다.

그해 7월 말, 미국에서 그리스로 날아갔다. 3개월을 머물면서 빌린 자동차로 그리스를 구석구석 누볐다. 다음은 프랑스였다. 루브르를 비롯한 박물관이라는 박물관은 다 뒤지고 다녔다. 그다음은 영국이었다. 영국박물관(British Museum)도 샅샅이 뒤졌다. 그런 다음에는 로마였다. 중요한 박물관은 빠짐없이 훑었다. 그해 나와 아내는 4개월 가깝게 유럽을 뒤지다 11월이 되어서야 미국으로 돌아갔다. 그해 찍은 사진만 해도 1만 5000여 장이다.

그다음 해인 2000년에는 아주 한국으로 돌아와 그리스와 로마 신화 책을 썼다. 반응이 좋았다. 내가 퍽 자랑스럽게 쓰거니와, 이런 우여곡절 끝에 쓰인 나의 신화 책은 200만 명에 가까운 독자들 손에 들어갔다.

터키의 흐린 주점에서, 나의 흑해를 건너야 한다고 결심하지 않았으면 나는 어찌 되었을꼬! 나의 신화 책은 아직 끝나지 않았다. 좌절해 있는 젊은이들을 위해서 쓴다. 흑해는 누구에게나 존재한다. 그 흑해를 건너야 한다.

위대한 침묵

아름다워라,
저 울분

2006년 7월 30일, 나와 아내는 러시아 상트페테르부르크의 에르미타주 박물관에 있었다. 유럽 박물관을 내가 아주 좋아하는 것은 안에서 맥주나 포도주를 사 먹을 수 있기 때문이다. 그날 나와 아내는 박물관 안의 간이주점에 앉아 샌드위치를 안주로 포도주를 마시고 있었다.

그런데 누군가가 쏘는 듯한 눈빛으로 우리를 내려다보고 있었다. 여성을 깎은 대리석상이었다. 눈빛이 어찌나 강렬한지 나는 포도주를 마시고 있을 수가 없었다. 한(恨) 서린, 아니면 금방이라도 울분을 터뜨릴 듯한 저 여성, 혹은 여신은 대체 누구일까? 먹고 마시고 있을 수가 없어서 아내에게 양해를 구하고는 일어서서 대리석상 앞으로 다가갔다. 고대 그리스의 여류 시인 사포의 석상이었다.

여성의 동성애는 원래 레스보스 섬(Lesbos Island) 풍속이었던 것으로 전해진다. 동성애에 탐닉하는 여성들을 '레즈비언(Lesbian)', 즉 '레스보스 섬 여자들'이라고 부르는 것은 이 때문이다. 그리스의 에게해 동부, 터키 해안 가까이에 있는 이 섬은 위대한 여류 시인 사포의 고향이기도 하다. 그래서 사포도 레즈비언 혐의를 받아 왔다.

사포는 기원전 7세기에 활약한 시인이다. 작품 중 남은 것은 얼마 되지 않지만 이 시인의 시적 재능을 엿보기엔 그것만으로도 충분하다. 철학자 플라톤이 다음과 같이 찬양했을 정도다.

무사이(뮤즈들)는 모두 아홉이라고 하는데
혹자는 아니란다.
열 번째가 있단다. 보라,
레스보스 여성 사포란다.

'열 번째 무사이(뮤즈)'로 극찬받던 시인 사포는 시에다 썼듯이 뮤즈들을 연상시키는 처녀들을 열렬히 사랑했다. 사포의 주위에는 시를 배우려는 여성, 음악을 배우려는 여성들이 들끓었다. 남성들이 사포를 '레스보스 섬 여자'로 보려 했던 것은 당연하다. 하지만 사포가 레즈비언이었다

는 증거는 어디에도 없다. 사포는, 처녀들을 육체적으로
사랑했다기보다는 아무래도 상대적으로 지위가 열악했던
그들을 계몽하려 했던 것 같다. 남성들이 비난한 것은 사
포가 드러내었을 가능성이 있는 충동적인 성적 욕망이 아
니었다. 인간 본성의 바닥에 가라앉아 있는 내면을 솔직하
게 드러냄으로써 여성을 가정과 남성의 속박으로부터 해
방시키자, 이것이 사포의 의도였다. 남성들은 사포를 비난
함으로써 자기네 권위를 지키고자 했다. 사포는 레즈비언
이었다기보다는 최초로 여성 해방 운동을 시도한 고대 그
84   리스 여성이었다.

사포는 파온이라는 미남 청년을 열렬히 사랑했으나 결
국 이 청년의 마음을 얻지 못했던 것으로 전해진다. 하지
만 이것도 남성들에 의해 조작된 전설이기가 쉽다. 남성들
은, 사포가 맞은 최후의 자리에까지 파온이라는 남성을 세워 놓고 싶었는지도 모른다.

사포는 레우카디아('레우카스'라고도 한다.)의 절벽에서 몸을 던져 자살한 것으로 전해진다. 남

여학생들에게 시를 가르치는 사포

성들은 사포가 '연인들의 투신 바위(Lover's leap)'에서 투신하면 상사병이 낫는다는 미신을 믿고 투신했다는 주장을 퍼뜨렸다.

사포가 '레스보스 섬 여자'였다고 하더라도, 이것으로써 사포를 비난하는 근거로 삼을 수는 없다. 사포는 신이 아니라 인간이었다. 더구나 시인이었다.

사포의 아름다운 눈빛을 잊을 수 없어서 여기 그 사진을 싣는다. 예술이란 그런 것. 더 아름답기 위해서 예술가가 범하지 못할 법칙은 없는 것이다.

나는 사포를 매도한 수컷들을 인간으로 치지 않는다.

조르바,
지금 이 순간
뭐하는가?

열 살 남짓 되던 무렵, 『안중근 의사 이야기』를 감명 깊게 읽었다. 갓 태어난 아기 응칠(의사의 어린 시절 이름)의 등에 북두칠성 모양의 점 일곱 개가 찍혀 있었다고 했다. 그 대목이 참 인상적이어서, 저고리 벗고 어머니에게, 내 등에도 혹시 그런 점이 없느냐고 물었던 적이 있다. 그런 점이 없다고 해서 나는, 훌륭한 사람 되기는 글렀구나, 하고 가볍게 실망했던 것으로 기억한다. 덜떨어져도 한참 덜 떨어졌던 나는, 광복절인데 하늘은 어째서 여느 때의 하늘과 똑같은가, 6·25인데 어째서 하늘은 핏빛으로 물들지 않을까, 이런 것들이 퍽 궁금했다.

나는 '의미 부여'에 대해서 쓰고 있다. 그 어린 나이에 나는 자꾸만 어떤 사상(事象)에 의미를 부여하고, 나 자신을 그 의미 체계에 가두고 싶어 했다. 중학교 시절부터는 교회를 들락거리면서 크리스천들과 합류함으로써 비슷한 의미 체계를 공유한 동아리와 무리를 짓는 것이 편했다. 김춘수 님의 시「꽃」을 읽고 마음 바닥으로부터 소스라침을 경험했던 것도 그 무렵이다.

> 내가 그의 이름을 불러 주기 전에는
> 그는 다만 하나의 몸짓에 지나지 않았다
> 내가 그의 이름을 불러 주었을 때,
> 그는 나에게로 와서
> 꽃이 되었다
> (중략)
> 누가 나의 이름을 불러 다오
> 그에게로 가서 나도 그의 꽃이 되고 싶다
> 우리들은 모두 무엇이 되고 싶다
> 너는 나에게 나는 너에게
> 잊혀지지 않는 의미가 되고 싶다

나는 이 시를 많은 친구들에게 소개했던 것 같다. 처음에는 '하나의 몸짓'에 지나지 않던 친구들이 시에 공감하는 순간 '잊혀지지 않는 의미'가 되어 가는 것 같았다. 사

춘기 이후 무수한 의미 체계의 망상 조직(網狀組織)과 합류했다. '의미의 철학'과의 야합이었다. 그런데 청년 시절이 되면서 '의미 부여'는 모든 슬픔의 씨앗이 아닐까, 싶어지지 시작했다. 그때부터 나는 의미를 부여하는 버릇을 버렸다. 이 시를 김춘수 님의 대표작으로 꼽는 사람들에게 나는 무척 골이 난다. '의미의 철학'과의 만남을 노래한 초기작일 뿐이다. 요즘, 만난 지 100일이 되었다고 쌍가락지 나누어 끼고, 1년이 되었다고, '커플 룩'이라던가, 거의 같은 옷 나누어 차려입고 다니는 사람들을 볼 때마다 나는 그런 의미 부여가 장차 사랑이 뜻대로 풀리지 않을 경우 그들을 얼마나 울적하게 할 것인지 걱정하게 된다. 나는 이런 일련의 생각을 '탈의미의 철학'이라고 부른다.

사랑하는 사람과 함께 거닐었다고 해서 해운대 백사장의 모래가 그 모래를 밟던 사연을 각별하게 기억해 주기를 바라는 데서 유행가는 시작된다는 것이 나의 오래된 생각이다. 함께 놀던 임들이 지금은 어디에 있느냐고 자꾸 유달산을 조르지 말아야 한다. 해운대 모래는 모래, 유달산은 유달산이다. 거기에 의미를 부여하기 시작하는 순간부터 우리는 백사장 모래와 유달산의 참 의미로부터 장님이 된다. 언필칭 비극의 씨앗이다. 백사장과 유달산은 그냥 거기에 있던 것들이다.

미국과 한국에서 약 15년 동안을 각별히 사귀어 모시던 선배가 있었다. 5년 전에 돌아가신 이분, 평소에는 담배를 피우지 않는데도 내가 그의 미국 집 벽난로 앞에서 담배를 피우면 몇 대씩 빼앗아 피우고는 했다. 중독되면 어쩌시려고요? 걱정스러워하는 나에게 그는 명쾌하게 영어로 대답했다.

"No attachment, no detachment!(집착 없는데 해탈 없지요!)"

무분별한 의미 부여와 집착은 우리의 감옥이 될 수도 있다는 소식 아닌가?

내가 참 좋아하는 소설 속의 인물 『그리스인 조르바』의 어록.

중요한 것은 오늘, 이 순간에 일어나는 일입니다. 나는 자신에게 묻지요.

"조르바, 지금 이 순간에 자네 뭐하는가?"

"일하고 있네."

"잘해 보게."

"조르바, 자네 지금 이 순간에 뭐하는가?"

"키스하고 있네."

"잘해 보게. 키스할 동안 딴 일일랑 잊어버리게. 이 세상에는, 자네와 여자밖에는 아무것도 없네. 키스나 실컷 하게."

부끄러움에
대하여

아직도
나의 옷을
입지 못하고

미국 기독교단의 한 보수적인 목사가 설교 요청을 받았더란다. 설교 요청한 곳은 미국 남부의 한 나체촌이었다. 목사는 고민에 빠졌다.

어찌할 것인가? 내가 정장을 하고 강대(講臺)에 서면, 발가벗고 회중석에 앉은 신도들이 얼마나 거북할 것인가? 그렇다고 해서 내가 발가벗고 강대에 설 수도 없지 않은가?

목사는 오래 고민하다가 마음을 굳혔다. 나체주의자들을 위한 설교인 만큼 차림새도 그들에게 맞추어 주어야겠다는 결론에 이른 것이다.

목사는 발가벗고 성경책으로 사타구니를 가린 채 교회로 들어갔다. 그러고는 강대에 서다 말고 기절초풍했다. 회중석의 나체주의자들은 모두 정장하고 성경을 꼭 껴안은 채 목사의 설교를 기다리고 있었던 것이다.

상대방에 대한 '배려(consideration)'들이 이만하면 참 눈물겹다.

1991년, 찌는 듯이 더운 6월, 나는 미국에서 한 대학 학장을 면담하게 되어 있었다. 중요한 면담이어서 나는 그 더운 날씨에도, 한국에서 준비해 간 유일한 춘추복 양복을 입고 땀을 뻘뻘 흘리면서 학장의 자택으로 갔다. 학장은, 수영복에 가까운 반바지를 입은 채 나를 기다리고 있었다. 그는, 여행 중이어서 가벼운 차림으로 오실 것으로 짐작했는데, 내가 틀렸네요, 하고 웃었다.

서로를 배려하다가 삐끗한 것이니까 어느 누구의 허물이라고 할 수는 없겠다.

차림새 때문에 진땀을 흘린 경험은 이것뿐만이 아니다.

1999년 8월, 나는 그리스의 수도 아테네에 있었다. 가깝게 지내던 한국인 동포가 나에게, 대사관에서 8·15 해방 기념 만찬이 있는데 함께 가자고 했다. 색다른 경험일 것 같아서 그러기로 했다. 마침 짐 가방에는 정장용 양복과 와이셔츠도 있고 나비넥타이도 하나 있었다.

문제는 구두였다. 신화와 관련된 유적을 취재하느라고 그리스를 누비고 있을 당시였다. 신발이라고는 로마 병정

구두 같은 가죽 샌들 한 켤레밖에는 없었다. 프런트로 내려가 지배인을 찾았다. 구두 한 켤레 빌려 신을 참이었다. 하지만 프런트 직원이 대답했다.

"일요일이잖아요? 출근 안 했어요."

구두 가게가 어디에 있느냐고 물어보았다.

"일요일이라서 되는 게 없어요!(Sunday makes nothing possible!)"

그리스는 그랬다. 먹을 것 사다 놓은 게 없으면 일요일은 굶어야 했다.

나비넥타이 정장에 샌들이라. 어쩔 수가 없었다.

대사, 영사, 부영사를 차례로 소개받을 때마다 나는 샌들 신고 나타난 것을 사과하고 또 사과했다. 자꾸 사과하는 모양새가 거슬렸던 모양인가? 대기업의 출장소 소장이 말했다.

"선생님의 발, 아무도 안 내려다봅니다. 선생님 말고는요."

2년 전, 평화와 환경을 걱정하는 사람들에 묻어 한국과 일본과 중국의 바다를 떠돌았다. 눈뜨면 토론, 밥숟가락 놓으면 회의였으니 유람은 아니었다.

첫날에는 선장의 만찬이 있다고 해서 정장 한 벌을 미리 준비한 참이었다. 선장이 주관하는 만찬장에 정장하고 내려갔다. 이런. 세상에. 주최 측을 제외하고는 정장한 사람이 거의 없었다. 눈치 보고 있다가 적절한 타이밍을 노려, 매고 있던 나비넥타이를 황급히 풀었다.

한국인은 물론 중국과 일본 손님들도 꽤 많이 참석하는 만찬에 초대받았다. 가기 싫었지만 주최 측의 간곡한 요청을 마다하기가 힘들었다. 넥타이 매기가 정말 싫었다. 그래서 와이셔츠와 넥타이를 검은 터틀넥으로 대신해서 입고 갔다. 100여 명의 손님 가운데 흰 와이셔츠와 넥타이로 정장하지 않은 사람은 나뿐이었다. 밥상머리가 거북했다. 눈치 핼금거리느라고 그랬다. 탄식이 절로 나왔다.

아, 아직도 나의 옷을 입지 못하고.

불편한
진실

『잎만 아름다워도 꽃 대접을 받는다』, 2000년 초여름에 내가 펴낸 산문집 제목이다. 이 산문집은 그러나 별로 주목받지 못한 채 잊히는 것 같았다. 그런데 올여름 이 책을 다시 펴내고 싶다는 제안을 받았다. 썩 마음이 내키지는 않았지만, 아직 잊힌 것은 아니구나, 싶어서 고맙기는 했다. 책을 붙잡고 꼼꼼하게 읽으면서 교정본을 만들었다. 그런데 교정 원고 보낼 준비를 하는 내내 책 제목이 자꾸 마음 밭에 밟혀 들었다. 나는 어째서 꽃 이야기를 바로 하지 않고 잎을 통하여 꽃 이야기를 하려고 했던 것일까?

이 땅의 많은 청소년들을 격려하고 싶어서 그런 제목을 지어 붙인 것으로 나는 기억한다. 일류 대학 출신, 부잣집 아들딸, '얼짱', '몸짱' 아니면 득세하기 어려운 시절 풍토에서 이도 저도 아닌 것을 불편해하는 수많은 청소년들을 격려하고 싶었을 것이다. 많은 '잎'들을 향하여, 자기가 좋아하는 일 한 가지를 붙잡고 거기에 시간과 노력을 줄기차게 쏟아 부으면 언젠가는 능히 '꽃' 대접을 받을 수 있게 된다고 주장하고 싶었을 것이다.

책을 교열하면서 여러 차례 놀랐다. 이 땅의 청소년들을 빌미로 나는 나 자신의 이야기를 쓰고 있었던 것이 아닌가 싶었다. 그래서 나 자신에게 물어보았다. 너는 너 자신을 '꽃'으로 규정할 자신이 없었던 모양이지? 그럴 것이다. 나는 나 자신을 '이류'로 규정하는 데 버릇 들어 있다.

내가 쓴 책의 저자 약력은, 1977년 신춘문예 소설 부문에 '당선'하면서 문단에 나왔다고 나를 소개하고 있다. 하지만 나는 '당선'한 것이 아니다. '가작 입선'한 것이다. 처음에는 '입선'이 지켜지더니 언제부터인가 슬며시 '당선'으로 바뀌었다. 이제는 나도 이것을 '입선'으로 되돌려 놓을 재주가 없다. 1970년대, 1980년대는 대학 중퇴자가 건너기는 퍽 고단한 시절이었다. 나는 대학을 '중퇴'했는데도 언제부터인가 나의 약력에서 '수학'은 '수료' 혹은 '졸업'으로 바뀌었다. 2006년 여름, 나는 모교 총장으로부터 '명예졸업장'이라는 것을 받았다. 하지만 그 순간까지 편집자들이 준 '졸업장'은 내내 나를 불편하게 했다.

1991년부터 나는 한 미국 대학의 '초빙 연구원(Visiting Scholar)'이었다. 직역하면 '방문 학자'가 되지만 학교에서는, 국내에서 쓰일 나의 직함을 '초빙 연구원'으로 번역하게 했다. '초빙 연구원'은 학교에서 보수를 받지 않는다. 그런데 언제부터인가 나의 약력에서 '초빙'은 떨어져 나가기 시작했다. 미국 대학에서 급료를 수월찮게 받는 '연구원'으로 슬슬 둔갑한 것이다. 내가 머물던 미국 대학은 1999년부터 나에게 '객원교수(Visiting Professor)'라는 직위를 쓰게 했다. 국내에서 몇 차례 약력에다 썼던 것 같다. 그러다 슬그머니 지워 버렸다. 편집자들이 '객원'을 지워 버리고 '교수'로 격상시킬까 봐 겁이 덜컥 났던 것이다.

나는 미국인들로부터 오랫동안 '이 박사(Dr. Lee)'로 불렸다. 우리 나이 또래에 미국 대학에 붙어 있는 사람 치고 '박사' 아닌 사람이 거의 없었기 때문이다. 그렇게 불릴 때마다 불편했다. 2005년 국내에서 '명예 문학박사' 학위를 받기까지 그랬다. 이제는 누가 '박사'라고 불러도 그다지 불편하지 않다. '명예'가 붙어 있기는 하지만 박사는 박사니까.

미국에서 잠시 얻어 가졌던 '객원교수' 칭호 때문에 '교수님'이라고 더러 불렸다. 들을 때마다 불편했다. 2006년 9월 국내에서 '명예교수' 임명장을 받기까지 그랬다. 하지만 이제는 누가 '교수'라고 불러도 그다지 불편하지 않다. '명예'가 붙어 있기는 하지만 교수는 교수니까.

이삼 년 전, 한 신문사로부터 '객원 논설위원' 하지 않겠느냐는 제안을 받고 화를 발칵 낸 적이 있다. 이 나이에 또 '객원'을 하라고?

입선, 중퇴, 초빙, 객원, 명예…… 보라, 한 번도 '꽃'으로 피어 보지 못한 채 나는 '잎'으로만 살았다. 그래도 잘 살고 있다.

그러니 젊은이들이여, 힘들 내시라. 이렇게 살아온 사람도 있으니.

야만적인,
너무나 야만적인

아들딸 중고등학교 공부를 미국에서 시켰다. 나의 유학 생활의 동반자 자격이었지, 부러 조기 유학을 시킨 것은 아니다. 나는 5년 동안 미국에서 머문 뒤에 일시 귀국해야 했다. 고등학교 졸업반이었던 아들은 미국에 남겠다고 했다. 그러라고 했다.

역시 고등학생이었던 딸은 나와 함께 귀국하겠다고 했다. 국내의 입시 지옥을 조금 과장해서 들려주면서 으름장을 놓았지만 딸은 귀국을 고집했다. 어쩔 수 없이 데리고 들어와 국내의 고등학교에 편입하게 했다.

오후 3시 이전에 수업이 모두 끝나는 미국의 고등학교와 달리 한국의 고등학교는 아이들을 자정까지 붙잡고 있는 날이 허다했다. 한국의 교육 풍토에 적응하느라고 딸아이는 퍽 힘들어했다. 곁에서 보는 우리 부부에게도 견디기 힘든 세월이었다.

저녁밥 도시락을 학교로 가져다주는 일은 주로 아내가 했다. 내가 몇 번 자원봉사한 적이 있다. 나는 어느 날 저녁답에 딸아이 학교에서 본 풍경을 잊지 못한다.

여자 아이들 중 일부는 교문을 빠져나와 어디론가 사라졌다. 교사의 특별 허가를 받고 저녁 먹으러 음식점으로 간다는 것을 뒷날 알았다. 교문은 생활 지도 교사가 지키고 있었다. 그냥 지키고 있는 것이 아니었다. 교사는, 몽둥이라고 부르기에는 너무 좀 가늘고, 회초리라고 부르기에는 너무 굵은 작대기를 들고 있었다. 그냥 들고 있는 것이 아니라 교문을 나서는 여자 아이들 머리를 그 작대기로 툭툭 치고는 했다. 때리는 교사 얼굴에 악의가 있는 것도 아니었다. 작대기에 맞은 여자 아이들도 별로 기분 나빠하지 않는 것 같았다. 머리를 얻어맞고도 까르르 웃는 여자 아이도 있었다.

나는 충격을 받고 말았다. 그렇다. 충격이다. 에이, 그까짓 일에 뭐 충격씩이나! 이렇게 생각할 수도 있다. 하기야 내가 누구던가? 중학교 시절부터 상급생들로부터 무수히 집단 폭행을 당하던 내가 아니던가? 고등학교 시절에는 깡패들로부터 심심찮게 맞고 다니던 내가 아니던가? 군대 시절에는 무게가 5파운드 나가는 야전 곡괭이 자루를 엉덩이에 달고 다니다시피 하던 내가 아니던가? 상관의 무지막지한 군화 코에, 정강이뼈(군대 말로 '조인트')를 아주 맡기고 살던 내가 아니던가? 그렇다. 그러던 나에게도 그 저녁답에 본 풍경은 충격이었다. 인간이 인간을 툭툭 치는 야만적인 풍습이 내 딸아이 세대로 아무 반성적 성찰이 없이 전해지고 있다는 것, 그것은 나에게 충분히 충격적이었다.

그날 나는 학교에서 돌아온 딸아이에게, 미국으로 돌아갈 것을 권했던 것 같다. 딸아이는 교사가 제자를 툭툭 치는 일이, 처음에는 그렇게 충격적이더니 소화하는 데 거의 성공을 거두고 있는 것 같다면서 오히려 나를 위로했다. 딸아이는 '무사히' 고등학교를 졸업하고 대학에 진학했다.

텔레비전을 보다가 자주 기절초풍한다. 출연자들끼리 마구 호통을 치는 이른바 '호통 개그'라는 것 때문이다. 어떻게 그런 무례가 용서될 수 있는가? 우리 다음 세대 아이들이 거기에서 무엇을 배우겠는가? '뽕 망치'라는 것을 아시는지? 벌칙으로 상대방의 머리를 갈기면 '뽕' 소리가 나는 플라스틱 장난감이다. 여성은 남성의 머리를, 남성은 여성의 머리를 이것으로 갈기고 나서는 갈긴 사람과 맞은 사람이 함께 시시덕거린다. 여성의 경우 이 망치에 맞으면

곱게 단장한 머리 매무새가 흐트러지는 경우도 더러 있다.

내가 너무 민감한가? 어째서 때리고 맞는 장면이 텔레비전 화면에 이토록 자주, 이토록 버젓하게 등장할 수 있는가? 어째서 그런 가학적인 장면이 용서받을 수 있는지 나는 도무지 이해할 수 없다.

능멸당해 보지 않은 사람은 남을 함부로 능멸하지 않는다고 나는 오래전부터 믿어 왔다. '뽕 망치' 휘두르는 사회, 이거 미친 사회다. 사라져야 할 풍속이다!

부끄러움에
대하여

죽는 날까지 하늘을 우러러 한 점 부끄럼 없기를

잎새에 이는 바람에도 나는 괴로워했다.

윤동주 시인의 저 유명한 「서시(序詩)」의 도입부다. 읽을 때마다 가슴이 서늘해지는 것 같다. 나 자신에게 자주 묻는다. 너는, 하늘을 우러러 한 점 부끄럼도 없도록 늘 애쓰는가? 별을 노래하는 마음으로 죽어 가는 것들을 사랑하기로 결심한 적이 있는가? 자신 없다. 부끄러운 것들이 너무 많은 나는 그만 속절없이 얼굴을 붉히고 만다.

운전하면서 도로에서 늘 겪는 일이다. 도로 곳곳에는 과속을 감시하는 카메라가 설치되어 있다. 그런데 참 이상한 일도 다 있지? 과속하고 있지 않는데도 많은 사람들은 그

카메라만 보면 브레이크를 밟는다. 그래서 감시 카메라 앞에만 이르면 자동차들 꽁무니가 시뻘게진다. 법정 속도를 지키고 있다면 브레이크 밟아 감속할 일이 없지 않은가? 그런데도 많은 운전자들은 카메라 앞에만 이르면 브레이크를 밟아 댄다. 한두 번 본 풍경이 아니다. 많은 운전자들이 한 점이 아닌 여러 점의 부끄러운 짓을 하는 모양이다.

과속하고 있지 않다면 고속도로에서 경찰 순찰차를 만나도 아무렇지 않아야 한다. 나는 과속을 즐기지 않는데도 불구하고 경찰차만 보면 왜 가슴이 시도 때도 없이 철렁 내려앉는 것일까?

명탐정 셜록 홈즈를 창조한 영국의 추리소설가 코난 도일이 어느 날 심심해진 나머지 장난을 쳤다지. 신문에다 익명으로 광고를 냈다지.

모든 것이 백일하에 드러났다!

딱 이 한 구절이었다지. 그런데 런던의 고위층 여러 명이 자취를 감추더라지. 하늘을 우러러 보기에는 부끄러움이 너무 많은 사람들이었던 모양이지.

반평생 모범택시를 몰아 온 어느 새댁의 친정아버지 이야기. 이 운전기사는 의협심이 강했던 모양이다. 그래서 길거리에 교통이 꼬여 체증이 생기면 모범택시 세워 놓고 자원 봉사로 교통을 정리하고는 했던 모양이다. 그러니 호루라기를 늘 주머니에 넣고 다녔을 수밖에.

이 택시 기사에게는 묘한 버릇이 있었단다. 퇴근 후 반주 곁들인 저녁 상머리에서 기분이 썩 좋아지면 호루라기를 꺼내어 무슨 악기처럼 한두 차례 불었더란다. 집에서 호루라기를 불었으니 별 문제가 있었을 것 같지는 않다. 이웃 사람들이 이 운전기사의 별난 취미에 조금 혀를 차기는 했을 것이다.

어느 날 이 운전기사의 집안에 큰 잔치가 있었던 모양이다. 식구들끼리 집에서 저녁 식사를 끝내고 나니 뒤가 좀 허전했던가 보다. 이런 날은 노래방 가자 커니, 어디 가서 한 차례 흔들고 오자 커니 바람 잡는 식구가 있기 마련이다. 이날 이 집 식구들은 허름한 호텔의 댄스홀에 갔던 모양이다. 별 문제는 없었다. 춤 자주 안 추던 사람이 춤을 추면 자주 목이 마르면서 술이 당기는 법이다. 모범택시 기사도 술을 꽤 했던 모양이다. 분위기가 고조되자 모범택시 기사의 별난 취미 생활이 시작되었다. 기분이 매우 좋아진 이 운전기사, 주머니에서 호루라기를 꺼내어 힘껏 불어 버린 것이다. 어떻게 되었겠는가?

춤을 추고 있던 사람들은 경찰관의 불심검문인 줄 알았

을 것이다. 춤판이 난장판이 되었음은 불문가지다. 유흥업소에 출입하면 안 되는 미성년자들은 출구를 찾아 몰려들고, 부적절한 상대와 춤추러 온 사람들은 테이블 밑으로 숨고, 그런 난리통이 없었더란다. 택시 기사의 딸이 전해 준 바에 따르면 태연하게 춤추고 술 마신 사람들은 그집 식구들뿐이었단다.

죽는 날까지 하늘을 우러러 한 점 부끄럼 없이 살기는 어려운 일이다. 하지만 불심검문은 두려워하지 말아야 하지 않겠는가?

이름값의
허실

스트라디바리우스. 온 세계가 다 아는 명품(名品) 바이올린의 이름이다. 이탈리아의 바이올린 제작자 스트라디바리가 만든 것으로 알려져 있다. 한국이 낳은 세계적인 바이올리니스트 정경화도 이 바이올린으로 연주한다. 가격은 수십억 원을 호가하는 것으로 알려져 있다. 제작자 이름은 '스트라디바리'지만 이 바이올린은 대체로 '스트라디바리우스'로 통한다. 제작자가 이 바이올린에다 이름을 새기되 라틴어 식으로 '스트라디바리우스'라고 새겼기 때문이다.

비발디. 설명이 더 이상 필요 없는 이탈리아의 작곡가 및 바이올리니스트다. 그의 명곡 「사계(四季)」를 우리는 자주 듣는다. 봄이 오면 「사계」 중 「봄」을 더 자주 듣게 될 것이다.

이 명연주가가 스트라디바리우스를 들고 무대에 선다는 소문이 돌았다. 명연주가 비발디와 스트라디바리우스의 만남. 청중은 숨을 죽이고 기다렸다. 이윽고 무대에 나타난 비발디가 자신이 작곡한 바이올린 곡을 연주했다. 청중은, 과연 명연주가와 명기의 만남은 다르구나, 이렇게 생각하면서 미친 듯이 박수를 보냈다.

그런데 비발디는 그 박수를 받자마자 바이올린을 패대기쳐 박살을 내어 버렸다. 그 바이올린은 스트라디바리우스가 아니었다. 아주 평범한 싸구려였다. 청중은 어이가 없었을 것이다. 비발디는 그런 청중 앞에서 그제야 새 악기를 꺼내어 들었다. 그것이 진짜 스트라디바리우스였다. 비발디가 청중에게 주고 싶었던 메시지, 이만하면 분명하다고 할 수 있지 않을지.

2007년의 일이지, 아마.

미국 워싱턴의 지하철역 앞에서 한 청년이 바이올린을 연주하고 있었다. 청바지와 티셔츠 차림에 야구 모자를 눌러쓴 아주 평범한 청년이었다. 그의 앞에는 바이올린 케이스가 놓여 있었다. 케이스 안에는 1달러짜리 지폐 몇 장과 동전 몇 개가 들어 있었다. 이 청년이 보내는 메시지는 명약관화하다. 그는 그 자리에서 약 45분 동안 연주했다. 슈베르트의 「아베마리아」가 연주곡 목록에 들어 있었던 걸 보면 행인들에게 꽤 친숙한 음악을 연주했던 것 같다. 45분 동안 바이올린 케이스에 모인 돈은 얼마나 되었을까? 몰래 카메라가 이 연주 장면을 처음부터 녹화했던 모양이다. 45분간 이 연주자의 앞을 지난 행인은 무려 1097명이었지만 이 바이올리니스트의 연주에 잠깐이라도 귀를 기울인 사람은 7명에 지나지 않았단다. 바이올린 케이스에 모인 돈은 고작 32달러.

이 거리의 악사는 누구이며 바이올린은 어떤 물건이었던가? 연주자는 미국이 자랑하는 세계적인 바이올리니스트 조슈아 벨(당시 나이 39세)이었다. 벨의 연주를 들으려면 최소한 100달러는 지불해야 한다. 만만치 않은 액수다.

그가 그날 연주한 바이올린은 바로 저 명기 스트라디바리우스였다. 값으로 따지면 약 45억 원을 호가하는 명품 중의 명품이었다. 사람들은 조슈아 벨을 알아보지 못했고 스트라디바리우스의 소리를 들어 보지도 못한 채 그 앞을 지나쳤다. 이름값이란 그렇게 허무한 것이다. 하기야 평범한 사람들의 귀에 명연주가가 켜는 스트라디바리우스의 소리가 들렸을 리 만무하다. 명연주가 조슈아 벨이 평소에 연주회에서 받는 개런티는 시간당 7000만 원꼴. 그러니까 시간당 7000만 원짜리 연주가 앞을, 듣는 귀 없는 사람들

은 1달러짜리 지폐 혹은 25센트짜리 동전 한 닢을 던지고
는 지나친 것이다.

　나에게는 비발디처럼 사람들이 스트라디바리우스인 것
으로 철석같이 믿던 바이올린을 박살 낼 용기도 없고, 조
슈아 벨처럼 야구 모자 푹 눌러쓰고 광장에서 45억 원짜
리 스트라디바리우스를 연주할 담력도 없다. 조슈아 벨은
퍽 쓸쓸했겠다. 이름값의 허실을 그는 뼈저리게 느꼈으리
라. 자기 이름 내세우고 명기의 이름을 내세웠으면 워싱턴
에서의 길거리 연주가 그렇게 초라하지는 않았을 것을.

'선플'
뭡니까,
'선플'이?

2008년 10월, 독일을 다녀왔다. 독일어로 번역된 나의 책의 일부를 독일인들 앞에서 낭독하는 일 때문이었다. 마침 소설가 이문열 선생의 책도 번역된 참이어서 둘이 동행했다. 한 주일 동안에 6개 도시를 순회하는 고된 일정이었다.

프랑크푸르트에서 있었던 일이다. 낭독 끝나면 질의 및 응답 순서가 이어지게 마련이다. 늙수그레한 한 한국인이 내게 질문했다. 독일에서 30년 이상을 거주한, 재독 교민 공학도라고 했다. 연세가 그다지 들어 보이지 않았는데 자신을 6·25 참전자라고 했다. 나보다 자그만치 17년 연상이었다. 그분이 나에게 항의했다.

"내가 30년 넘게 살고 있는 이 나라를 한국인들은 자꾸 '독일'이라고 부르는데, 이게 마음에 안 듭니다."

조금 뜻밖의 항의였다. 우리 둘 사이에는 이런 말들이 오고갔다.

나: 그러면 뭐라고 불러야 합니까?

재독 교포: '도이칠란트'라는 정식 이름으로 불러야지요. 언필칭 '글로벌' 시대 아닙니까? '도이칠란트'라고 부르면, 어느 나라 사람인지 알아먹을 것이 아닙니까?

나: '도이칠란트'라. 너무 길지 않아요? 속도감도 떨어지는 것 같고요. 속도감이 떨어지면 살아남기 어려운 게 이 시대의 언어랍니다. 줄여서 '도이치'라고 부른다면 또 모르지만요.

재독 교포: 속도감을 앞세워 남의 나라 이름을 잘라서 부를 수는 없지요. '네덜란드' 사람들이 속도감을 살린답시고 자기 나라 이름을 '네덜'이라고 하는 것 봤어요?

날카로운 지적 앞에서 정신이 번쩍 들었다. 재빨리 만회하지 않으면 안 되었다. 나는 반격했다.

"그렇다면 독일의 대표적인 은행 상호 '도이체방크(독일은행)'는 뭡니까? 독일인도 이렇게 속도감 있게 줄여서 부르고 있지 않습니까?"

"……."

나는 어렵사리 진땀 승을 거둔 셈이었다.

그렇다. 속도감. 이거 인터넷 시대 언어의 생명이다. 길게 질질 늘여 뺀 언어는 살아남지 못하는 게 이 시대의 언어다. 사람들은 '노무현을 사랑하는 사람들'이라고는 하지 않는다. '노사모', 해도 금방 머릿속에 그림이 그려지기 때문이다.

'리플'이라는 말도 그렇다. 원래는 대답, 반응, 반격을 뜻하는 '리플라이(reply)'인데 속도감 때문에 이렇게 줄어들었다. '악플'이라는 말이 요새 심하게 유행한다. '악의적인 리플라이(반응)'가 이렇게 줄어든 것이다. 뭐, 속도감 때문에 말의 꼬리가 잘리는 것, 나는 지금까지 꾹 참으면서 구경만 하고 지내 왔다.

더 이상 참을 수 없어서, 쓰기 싫은 글을 몇 줄 쓴다. '악플'의 반대말로 요즘 '선플'이라는 말이 슬슬 머리(사실은 '대가리'라고 하고 싶지만)를 내민다. '선플'이라고? 이건 안 되겠다 싶다. '악'의 반대말이 '선'인 것은 맞다. 하지만 선과 악을 누가 판단한다는 말인가? 도교에서는 염라대왕, 기독교에서는 천국의 열쇠를 쥔 베드로 아니면 선악판단을 못 한다. 따라서 '악의적 반응'의 반대말은 '호의적 반응'이어야 마땅하다. '선의적 반응'이라는 말은 잘 쓰이지 않는다. 그러므로 '선플'은 '호플'로 바뀌어야 마땅하다. 세계의 특정 국가를 '악의 축'으로 규정한 부시 전 미국 대통

부끄러움에 대하여

령은 얼마나 몰상식한가? 마, 네가 무슨 권리로 선악을 판단해?

인간관계가 뒤숭숭해지면 사람들은 '악연(惡緣)'이라는 말을 자주 쓴다. 자, 그렇다면 '악연'의 반대말은 무엇일까? '선연(善緣)'이 되어야 하게? 천만에 '가연(佳緣)', 즉 '아름다운 인연'이라는 말이 있다.

인터넷에 범람하는, 무자격자들의 조어(造語), 이거 참 걱정스럽다. 나도 벌써 '꼰대'가 되어 가고 있는 것인가?

116

나도
저렇게
살고 있는
것일까?

몇 년 전, 집수리를 대대적으로 시작했다. 규모가 꽤 컸다. 2002년 12월에 시작, 2003년 6월에야 끝났다. 많은 건축 기술자들, 혹은 일용 근로자들이 내 집에서 일했다. 어디 보자. 하루 10명 이상이 내 집 수리를 도와주었고 그 기간은 약 180일 동안이었다. 연인원 1000명이 넘었다는 계산이 나온다.

건축 일 하는 사람들은 잘 먹어야 한다. 그래서, 아침 식사를 거르고 왔기 십상인 분들을 위해 새참을 마련해 주어야 한다. 점심 식사를 마련해 주어야 하는 것은 물론이다. 오후에는 '중참'이라고 해서 간단한 잔치 국수를 내어놓아야 한다. 이분들, 힘도 좋지만 먹성 또한 좋다.

이 많은 음식을 한 식당에서만 시켰다. 식당 주인(주인인

지 고용인인지 그것은 확인하지 않았다.) 마음 쓰임새가 참 녁
녁했다. 음식을 나르다가도 발치에 거치적거리는 건축 자
재가 있으면 자기 일인 듯이 꼭 제자리로 치워 주고는 했
는데, 나는 이것이 여간 고맙지 않았다. 음식 나르는 사람
이 이러기는 쉽지 않다.

공사가 끝난 뒤 우연히 집에서 약 10분 거리에 위치해
있는 동네 슈퍼를 찾았다. 소주나 맥주를 살 경우 전 같으
면 자동차로 간단히 다녀오고는 했다. 하지만 삼사 년 전
부터는 자동차 운전이 싫어 소주 사고 맥주 사러 배낭 메
고 그 동네 슈퍼에 간 것이다. 가게 모양새가 초라한 것은
물론이고 위치마저 좋지 않았다. 꼬불꼬불한 골목길을 한
참 걸어 들어가야 하는 동네 슈퍼를 누가 좋아하겠는가?

나는 그에게 물었다.

"배달도 하시오?"

"배달 안 하면 우리는 못 먹고 삽니다." 하고 그는 대답
했다.

그 자리에서 우리는 구두 계약을 맺었다.

"내가 전화를 걸어서 주문하거든 소주 한 박스, 혹은
맥주 한 박스를 우리 집으로 배달해 주시오."

"좀 셀 텐데요?"

"각오하고 있소."

그는 내가 주문할 때마다 오토바이를 몰고 총알같이 달려왔다. 그 뒤로 한 3년 동안 소주, 맥주 같은 것들을 그 집에서 배달시켜 먹었다. 소주나 맥주 따위를 상자째 배달시켜 마신다고? 그렇다. 우리 집은 손님이 늘 들끓었다. 지금은 아내 눈치 보느라고 많이 줄였다.

값이 약간 세기는 했지만 운전 싫어하는 내가 자동차 안 몰고 나가니 참을 만하다는 생각도 들었다. 참고로 대형 마트에서 860원이면 살 수 있는 소주를 나는 1300원이나 내어야 한다. 캔 맥주도 그 정도 가격 차이가 난다. 나는 그 차이를 즐겁게 감수해 왔다. 돈이 많아서 그랬던 것은 아니다. 그 귀찮은 운전 안 해도 되니까 좋지, 대형 마트 지하 주차장에서 차 대느라고 낑낑거리지 않아도 되니까 좋지. 위치가 나빠서 고객의 접근이 쉽지 않은 한 동네 슈퍼 도와주어서 좋지.

그러다 며칠 전에 벼락을 맞았다. 배달을 완강하게 거절한 것이다. "오늘은 배달 못 한다고 하지 않았어요?" 퉁명스러웠다. 하기야 그날 부슬비가 내리기는 했다. 하지만 부슬비 내린다고 배달을 거절한 그 사람, 앞으로는 무엇을 먹고살 것인가? 나는 그를 진심으로 걱정한다. 생각해 보시라. 위치가 나빠서 접근성이 형편없는 동네 슈퍼가 물건 배달을 약속한 고객을 한 200명 확보한 경우를. 내가 그

집에 지불한 액수는 한 달에 삼사십 만 원이었다. 곱해 보면 도대체 얼마인가?

그 동네 슈퍼 주인이 나의 배달 요청을 거절한 까닭을 나는 도무지 납득할 수 없다. 물건을 배달하지 않고는 살아남기 어려운 매우 열악한 환경인데, 그는 왜 나의 배달 요청을 거부했을까?

혹시 나 모르는 사이에 로또에 당첨된 것일까?

내 관심은 사실 거기에 있지 않다. 나는 그 사람으로부터 상처 입은 순간을 떠올릴 때마다 나에게 묻는다. 나도 저렇게 살고 있는 것일까?

한식 세계화?
좋지

26년 전에 세상 떠난 우리 어머니, 생전에 며느리들 칭찬하는 일에 참 인색했다. 며느리가 도합 다섯이나 되었지만 우리 어머니로부터 살가운 칭찬을 받아 본 며느리는 거의 없었던 것 같다. 아들딸 어릴 때는 우리 부부가 어머니 모시고 몇 년을 살았다. 우리는 어머니를 잘 모시기 위해 무진 노력을 기울였던 것 같다.

아내는 소가 되었든 돼지가 되었든 갈비 양념을 썩 잘했다. 어머니도 그 점은 인정하는 것 같았다. 어느 설날 각처의 형제들이 모두 모였을 때 어머니가 형님들, 형수님들에게 이런 말 하는 것을 내가 엿들었다. 내 아내는 그 자리에 없었다.

"홍은동 에미 말이다. 다른 솜씨는 하나도 없는데 불

갈비 양념 하나는 기가 차게 하더라."

내 아내 이야기다. 며느리 칭찬에 인색한 어머니 말씀이라서 귀에 담아 두었다.

청운의 꿈을 안고 서울로 올라왔을 때가 1967년이다. 서울에서 새로 사귄 친구 중 하나가, 소갈비구이를 기가 막히게 굽는 집을 알아 놓았으니 함께 가자고 했다. 내가 그 친구에게 보인 시큰둥한 반응은 이런 것이었다.

"소갈비 맛없게 굽는 집도 있나? 그거, 누가 구워도 맛있는 것 아닌가?"

그랬다. 내가 기억하기로, 돼지 갈비였다면 또 모르겠지만 우리 어머니가 소갈비를 양념해서 우리 형제들에게 구워 준 적은 없었던 것 같다. 그만큼 가난했다. 그러니 우리 어머니가 한, 내 아내의 불 갈비 요리 칭찬은 퍽 쓸쓸할 수밖에 없다. 스무 살 어름의 나에게도 소갈비는 언제 어느 곳에서 먹어도 맛있는 것일 수밖에 없었다. 그러고 나서 세월이 한 40년이 흘렀다. 나는 요즈음은 불 갈비를 즐기지도 않거니와, 아무 갈비 집 불 갈비나 얻어걸리는 대로 입에 넣지도 않는다.

나는 구차한 집에서 나고 자라서, 청년이 되기 전까지 값지고 맛있는 음식을 별로 먹어 본 적이 없다. 내 아내는 퍽 유복한 집안 출신이어서 토마토 케첩, 버터, 마가린, 마요네즈, 머스터드(서양 겨자) 같은 것들에 길들어 있었다. 그래서 신혼 초 우리는 서로 많이 불편했다. 나는 순 조선 식을 고집하는 데 견주어 아내는 '퓨전'이라고 불리는 음식을 좋아했다.

결혼한 지 33년, 이제 아내는 우리 음식에 꽤 적응된 것 같다. 최근 들어 아내가 청국장찌개, 김치찌개, 닭고기, 소고기 육개장을 먹여 줄 때마다 나는 내 평생 먹어 본 것 중에서 최고라는 말을 곧잘 한다. 빈말이 아니다. 우리 집 요리는 우리 민족이 수백 년 지켜 온 전통을 상당한 수준까지 재현하게 되었다는 뜻이다.

나는 국내에서는 외국 요리를 잘 먹지 않는다. 스파게티와 파스타도 한 접시를 비워 내지 못한다. 외국 생활이 근 10년에 이르는데도 나는 아직 국내에서 이런 음식 맛있게 먹는 법을 배우지 못했다. 하지만 외국으로 나가면 참 잘 먹는다. 독일의 돼지 족발에 해당하는 '스바인 학세', 그리스의 양고기 구이 '수블라키', 터키의 양고기 구이인 '케밥', 중국의 양고기 찜, 몽골의 양고기 찜이라고 할 수 있는 '허르헉'은 내가 즐겨 먹는 음식들이다. 음식 사치하는 것으로 오해 마시라. 당해 국가에서는 비싼 음식이 아니다.

나는 한식을 좋아하지만 아무 한식이나 좋아하지는 않는다. 전통을 재현한 한식만 좋아한다. 고춧가루, 조미료

범벅인 한식은 입에 대지 않는다. 반찬이 스무남은 가지나 따라 나오는 한정식도 좋아하지 않는다. 수저가 가는 반찬은 겨우 서너 가지, 나머지는 음식 쓰레기로 실려 나간다. 내가 현장에서 먹는 외국 음식을 좋아하는 것은 수백 년, 수천 년 동안 발전해 온 조리법을 충실하게 따르고 있기 때문이다. 외국 여행을 자주 하지만 나는 현지의 비문화적인 한국 식당에는 잘 가지 않는다. 문화란 무엇인가? 한 모둠살이가 오랜 세월에 걸쳐 지어 낸 실존적 습관 같은 것, 어떤 천재도 하루아침에는 뒤집을 수 없는 것, 그게 문화다.

한식 세계화? 좋은 말이지만 나의 전망은 그다지 희망적이지 않다. 실내가 가장 어두운 곳 중의 하나가 한국 식당이다. 화장실이 가장 지저분한 곳 중의 하나도 한국 식당이다. 세계 여러 도시의 한국 식당을 생각하면 나는 그만 울적해진다.

사랑을
쓰려거든
연필로
쓰라니!

지난 한 주일 내내 국어사전 속표지에다 옛날에 내가 그렸던 그림을 생각했다. 왜 그랬는가 하면, 세밑에 독자들에게 던져 줄 메시지 한 줄 찾아내느라고 그랬다.

초등학교 졸업하면서 상을 받았다. 한 500쪽 정도 되었나, 꽤 도톰한 국어사전이었다. 청소년 시절, 내 공부방이 산사태를 만나면서 수백 권의 책을 잃는 바람에 지금 그 사전은 내 수중에 없다. 하지만 나는 그 사전 속표지에다 내 손으로 그렸던 그림을 생생하게 기억한다.

등대. 어둠 속에서 빛줄기를 양쪽으로 좌악 비추는 등대. 그리고 그 등대로 오르는 희미한 계단. 계단 아래쪽에다, 초등학교를 갓 졸업한 소년이 쓴 잠언 한마디. 아마 이런 뜻이었을 것이다.

'희망의 등대에 오르려면 실천의 계단을 올라야 한다.'

소년은 '실천의 계단'을 '희망의 등대'에 오르는 한 과정이라고 파악하고 있었음에 분명하다. 이제 60대 중반으로 접어든 그 소년, 생각이 많이 바뀌었다. 그는 더 이상 '실천의 계단'을 '희망의 등대'에 오르는 한 과정으로 보지 않는다. 그는 실천의 계단과 희망의 등대를 동일시한다. 희망의 등대는 '지금', '여기'에 있는 것이지, 실천의 계단 저 위에 있는 것이 아니라고 그는 믿는다. 행복에 대해서도 그는 똑같은 믿음을 가지고 있다.

나에게, 세밑은 크고도 바람직한 결심의 밑그림이 그려지는 시기, 설날은 그 결심이 실천에 옮겨지는 첫날이라고 믿던, 어리고 어리석던 시절이 있다. 그러던 내가 어느 한 순간, 설날에다 의미를 부여하는 어리석은 짓을 그만두었다. '의미 부여'는 들척지근한 비극의 씨앗이라고 믿게 된 순간이기도 하다. 나에게는 '지금', '여기'가 소중하다. 어린 시절의 나는 밤바다를 밝히는 희망의 등대가 되고 싶었던 모양이나, 지금의 나에게 그런 것은 없다. 따라서 희망의 등대에 오를 일도 없다. 계단을 오르는 순간순간이 나에게는 소중할 뿐이다. 따라서 설날은 지구가 한 주기의 공전(空轉)을 완료하고 새로운 공전을 시작하는 날일 뿐 나와는 아무 상관이 없다. 나는 계절에도 의미를 부여하지 않는다. 자연은 인간을 위해서 계절의 주기를 반복하고 있는 것이 아니다. 천지불인(天地不仁). 자연은 인간에게 어질지 않다. 자연에게 인간은 추구(芻狗), 짚으로 만든 개에 지나지 못한다. 노자(老子) 말씀 이 한마디를 읽는 순간 나는 얼마나 놀랐던지. 그때부터 나는 '지금', '여기'만을 소중하게 여기면서 살고자 애쓴다. 나는 내 가족과의 행복 같은 것도 따로 설계하지 않는다. '내'가 그들을 위해서 존재하는 것이지 그들이 '나'를 위해서 존재하는 것이 아니다. 나는 오로지 이 믿음에만 의지해서 살 뿐이다. 행복은 내가 덤으로 누리는 마음의 한 상태다.

"꿈으로 가득 찬 설레이는 이 가슴에 사랑을 쓰려거든 연필로 쓰세요." 이렇게 시작되는 유행가를 처음 들었을 때 나는 얼마나 놀랐는지 모른다. 어째서 연필로 써야 하는가 하면, "사랑을 쓰다가 쓰다가 틀리면 지우개로 깨끗이 지워야 하니까." 그렇단다. "처음부터 너무 진한 잉크로 사랑을 쓴다면 지우기가 너무너무 어렵"기 때문에 그래야 한단다. 도대체 지우개로 지우는 상황이 전제되는 사랑을 왜 시작하는가? 이 노래 지은 사람, 이 노래 부른 사람, 지금 어떻게 살고 있는지 퍽 궁금한데, 모르기는 하지만 아직도 쓰고 지우기를 되풀이하고 있을지도 모르겠다. 내가 가수였다면 이런 노래 부르기는 끝까지 거절했을 것이다.

지우기가 전제되어서는 안 된다. 지우개가 필요 없는 나날, '지금', '여기'에서 사는 참살이의 나날이 되어야 한다. 따라서 새해 첫날의 결심 같은 것은 새삼스러운 것이다.

어느 구도자가 산중에서 도를 닦고 있는 스님에게 여쭈었단다.

"스님, 대도(大道)에 이르려면 어찌 해야 합니까?"

그 스님, 지팡이로 땅바닥에다 줄을 하나 좌악 그으면서 이러시더란다.

"지금, 여기서부터 시작하거라."

어머니는
한 번도
날
무시하지
않았다

진짜 나이,
가짜 나이

나의 키, 대구에서 보낸 초등학교, 중학교 시절에는 비교적 작았다. 산골에서 나고 자라 대도시 아이들에게 견주어 상대적으로 영양이 모자랐기 때문일 거라고 짐작한다. 고등학교 시절에 집중적으로 자랐다. 177센티미터, 당시에는 '키다리' 소리도 더러 들었다.

'걸망스럽다'는 말, 사전에는 나오지 않는다. 하지만 우리 어린 시절 경상도 북부에서는 자주 쓰였다. '나이가 실제보다 훨씬 많아 보인다.'는 뜻으로 쓰였던 것 같다. '걸망스럽다'는 말, 나만큼 많이 들어 본 사람이 또 있을까?

스무 살 때부터 주위에서는 서른 살로 보았다. 스물한 살, 입대하기 전 시골에서 몇 달 살았는데, 나에게는 나보다 나이가 두세 살 많은 아우들이 여럿 있었다. 그들이 나를 '형님'으로 모신 것은 물론이다. 하지만 나는 나의 나이를 부풀린 적이 없다. 그들이 알아서 모신 것이다. 장난삼아 방치한 것이 화근이다.

학력 사칭 때문에 주위가 시끄럽다. 나도 뜨끔하다. 장난삼아 나도, 내 나이를 실제 나이보다 훨씬 많게 여기는 현상을 방치한 죄가 있기 때문이다. 군대에서도 나는 장난삼아 방치한 가짜 연령 때문에 좋은 대접을 받았다. 내가 사칭한 것은 아니지만 방치했으니 허물이 없을 수 없다. 방치. 이것이 문제다. 적극적으로 해명해야 하는데, 대부분 그럴 겨를이 없어서 방치하다 죄를 뒤집어쓴다. 이름이 알려진 사람일수록 위험하다.

30대에는 40대, 50대 대접을 받았다. 내 나이 서른일곱 살 때 아내와 함께 부동산 중개소에 나온 아파트 매물을 둘러본 적이 있다. 아파트를 지키고 있던 한 할머니가 우리 부부를 보면서 이런 말을 했다.

"아이고, 자부님과 함께 집 사러 다니는 것, 참 보기 좋네요."

아내가 나보다 7년 연하이기는 하다. 아내는 퍽 듣기 좋았을 것이다. 나도 뭐, 그다지 싫지는 않았다. '노숙(老熟)하다'도 내가 자주 들은 말의 하나다.

미국에서도 그런 소리를 들었다. 우리가 자주 다니던

'똥풍마켓〔東邦市場〕'의 안주인이었던 베트남 여자는 나 혼자 나타나면 이런 농담을 하고는 했다.

"오늘은 따님 놔두고 혼자 오셨네?"

7년 전, 내 나이 쉰세 살 때 시골로 이사 갔다. 나보다 열 살이 많은 동네 어른들이 나를 만날 때마다 모자 벗고 인사했다. 나는 영문을 잘 모르고 한동안 인사를 받았다. 그중의 한 분은 마을의 노인정 총무였다. 그는 어느 날 큰 결심이나 한 듯한 얼굴로 내 나이를 물었다. 쉰세 살이라고 했다. 매우 실망스러워하면서 그가 보인 반응이 걸작이다.

"아이고, 안 되겠네요. 연령 미달이라서. 노인정은 예순다섯 살 이상만 받거든요."

누가 노인정에 넣어 달라고 했나. 이때부터 나의 외모가 '걸망스럽다'는 점이 불편해지기 시작했다. 젊은 시절, 은근히 즐기던 '걸망스러움'이 슬슬 장애가 되기 시작한 것이다.

내 아내는 이웃집 여자로부터 다음과 같은 말을 들었단다.

"사연이 많으신 모양이군요?"

무슨 뜻이겠는가? 그 여자가 내 아내를 나의 후처로 본 것임에 분명하지 않은가? 서울에서 살다가 남들의 눈을 피하여 한적한 시골로 사랑의 도피를 감행한 부부로 본 것임에 분명하다.

거동이 불편한 마을 노인을 내 자동차로 집까지 모셔다

준 적이 있다. 그 노인이 나에게 물었다.

"아직도 눈은 잘 보이시는 모양이지요?"

이런 세상에! 그해 그 노인 연세가 80세였다.

자리 양보 받는 게 싫어서 나는 버스나 지하철을 잘 타지 않는다. 은근히 즐기던 '걸망스러움'이 도처에서 나를 역습하고 있다.

지금부터라도 정신 차리고 살아야겠다.

나만
짠했을까?

내 나이 열 살 때, 난생처음으로 어머니를 떠나 보았다. 대도시에 있던 맏형님 댁에서 두 달쯤 머물렀다. 모든 것이 생소한 대도시 삶, 어린 마음에도 늘 쓸쓸했다. 형님과 형수의 눈치도 많이 보았다.

어느 날 어머니가 맏형 집에 오셨다. 얼마나 반가웠겠는가. 하지만 반가웠던 순간보다는 마음 아팠던 순간의 기억이 더 진하다.

어머니는 며칠 묵고는 맏형 집을 떠났다. 어머니 떠나던 순간 내가 느꼈던 슬픔과 절망감은 오랜 세월이 지났지만 내 가슴에 고스란히 남아 있다. 세상이 텅 비어 버리는 것 같았다. 그래서 그 어린 나이에 나는 몇 시간 슬픔으로 몸부림쳤던 것 같다.

열 살배기 막둥이 아들을 큰 도시에 떼어 놓고 돌아서던 어머니의 심정은 어땠을까? 오랜 세월이 지나도록 거기까지 생각이 미치지 못했으니 내가 한심하다.

프랑스 파리에서 근 30년째 살고 있는 처제가 귀국했다. 처제가 귀국하면 나는 약간 긴장한다. 우리 부부가 파리에 갈 때마다 폐를 많이 끼치기 때문이다.

화창한 봄날 우리는 딸네 집에 가기로 했다. 내 딸은 내 고장 과천에서 자동차로 한 시간 반이나 떨어진 도시 파주에 산다. 출판사들이 모여 있는 파주 출판 단지의 한 콘도미니엄이 내 딸이 사는 곳이다. 서울 시내나 과천과는 너무 멀리 떨어져 있어서 나는 딸을 자주 만나지 못한다. 딸에게는 아직 아기가 없다.

파주 가는 길로 들어서면 나는 말이 참 많아진다. 일산의 고봉산은 내가 이등병 시절을 보낸 곳이다. 거대한 안테나가 서 있는 고봉산 정상은 내가 관측병으로 어려운 시절을 보낸 바로 그 자리다. 일산에서 조금 더 북쪽으로 올라가면 파주 심학산이 솟아오르는데, 이 산은 내가 일등병 시절에 두어 달 파견 생활을 한 곳이다. 여기에서 조금 더 올라가면 오두산이 솟아 있는데, 저 유명한 통일 전망대는 바로 이 오두산 정상에 있다. 내가 베트남에서 귀국하고 3개월의 잔여 복무 기간을 보낸 바로 그 자리다. 내 딸이 사는 곳은 심학산 기슭이다. 거기에만 가면 내 심경은 복잡해진다.

우리 부부, 아들, 두 처제, 이렇게 무려 다섯 식구가 딸의 집으로 몰려갔다. 딸까지 합하면 모두 여섯, 자주 만나는 것이 아니라 참 반가운 재회의 자리였다. 식구가 너무 많아서 아무래도 딸이 힘들어할 것 같았다. 그래서 딸네 집에서는 군것질만 하고 저녁은 밖에서 사 먹었다.

그런데 시간이 흐르는데도 내 발은 딸네 집에서 쉽게 떨어지려 하지 않았다. 딸을 홀로 그 컴컴한 도시에 남겨 두고 돌아서기가 쉽지 않았다. 사위는 하는 일의 성격상 자정이 훨씬 지난 시각에야 귀가하는 것이 보통이다. 사위가 돌아올 때까지 내 딸은 애완용 고양이 한 마리와 그 넓은 공간을 지켜야 한다. 나는 딸을 혼자 남겨 놓고 돌아서고 싶지 않았다.

하지만 어쩌? 자정이 가까워지자 다음 날 일정에 쫓기는 아들과 처제들이 은근하게 나를 압박하기 시작했다. 과감하게 자리를 박차고 일어났다. 외국살이를 오래 한 딸은 현관에서 우리를 배웅했다. 미국 사람들이 잘 이런다. 손님이 왔다 가면 우리는 자동차가 사라질 때까지 손을 흔들지만 미국에서는 현관에서 헤어지는 게 보통이다.

밤길 되짚어 집으로 돌아오는 내내 마음이 무거웠다. 현관문 닫고 돌아서던 딸의 모습이 자꾸만 마음에 밟혔다. 왜 그렇게 매정하게 돌아섰을까? 현관문 오래 열어 놓으면 고양이가 튀어 나갈 수도 있다. 그래서 그랬을까?

짠한 내 가슴을 달래려고 오래 애를 쓴 뒤에야 나는 나 자신에게 물을 수 있었다.

나만 짠했을까? 우리 부부, 아들, 두 처제, 이렇게 무려 다섯 사람이 썰물처럼 빠져나왔는데, 내 딸은 짠하지 않았을까?

나만 짠했을까? 열 살배기 막둥이 아들 떼 놓고 돌아서던 어머니는 짠하지 않았을까? 너무 늦게 깨닫는 병, 참 오래 간다.

고독은
나의 고향

내 어리던 시절, 고향 대구에는 아주 규모가 큰 고전음
악 감상실이 있었다. 상호는 '하이마트(Heimat)'였다. '고
향'…… '하이마트'라는 말을 떠올릴 때마다 나는 매우 따
뜻하다는 느낌, 매우 썰렁하다는 느낌을 갈마들이로 경험
한다. 1960년대 중반, 나는 아무것도 약속받지 못한 채
10대 후반을 맞고 있었다.

어둑신한 음악 감상실 '하이마트'로 들어가면 맨 먼
저 나를 맞는 것은 거대한 현판이었다. 그 현판에는 이
렇게 씌어 있었던 것으로 기억한다. "고독은 나의 고향
(Einsamkeit ist meine Heimat)!" 하인리히 하이네의 시구라
고 했다. 아, 하이네! 나는 하이네의 시를 여러 편 줄줄 외
고 다녔다.

139

어머니는 한 번도 날 부끄러워하지 않았다

매일같이 '하이마트'를 출입하면서 나는 근 1년 동안 베
토벤을 집중적으로 들었다. 샅샅이 뒤졌다고 해도 과언이
아니다. 뭐라? 10대 후반이면 고등학생인데, 학교에도 안
가고 음악 감상실을 거의 매일같이 드나들어? 불량 학생
이었잖아! 그렇다. 나는 불량 학생이었다. 나는 듣고 싶은
음악 실컷 듣고, 읽고 싶은 책 원 없이 읽고 싶어서 내 인
생으로부터 고등학교를 퇴학시켜 버리고 빈 들로 나섰다.

　　지휘자 시늉하면서 베토벤의 교향곡 「운명」을 듣고 싶
어서 '하이마트'로부터 스코어(總譜)를 빌렸다. 교향악단의
모든 악기가 연주해야 할 악보가 일목 요연하게 한 페이
지에 정리되어 있는 지휘자용 악보였다. 나는 악보를 보아
가면서 「운명」 1악장을 지휘했다. 그럭저럭 잘되고 있는 것
같았는데, 세상에, 1악장이 끝났는데, 나의 지휘도 끝났는
데, 스코어는 세 페이지나 남아 있었다. 그러니까 나는 악
보를 읽어 가면서 지휘한 것이 아니었다. 기억, 즉 메모리
(暗譜)에 의지해서 눈으로 악보를 쫓고 있었던 것이다. 부끄
러웠지만 다행히도 본 사람이 없었다.

　　지난 10월 중순, 내 소설집이 독일어로 번역 출판된 것
을 기념하는 「도이치 6개 도시 순회 낭독회」가 열렸다. 처
음 방문한 도시가, 옛 서독의 수도였던 곳으로, 베토벤의
생가가 있는 곳으로 유명한 본이었다. 독일로 떠날 때부터

귀가 좋지 않았다. 내 귀는 폭발적인 음향과 불면과 장시간의 비행과 항공기의 급강하에 매우 취약하다. 본 대학에서 있었던 낭독회에서 독일인들을 앉혀 놓고 모두가 베토벤 때문이라고 몰아세웠다.

나는 청력에 문제가 있는 사람이다. 거대한 스피커 앞에서 손으로 턱을 괴고 당신네들의 조상 베토벤을 너무 들었기 때문일 것이다. 그러니 양해하시라. 베토벤은 청력 때문에 처참한 세월을 보내다가 57세 때 세상을 떠났다. 세상 떠나던 해의 베토벤 나이보다 지금의 내 나이는 네 살이 더 많다.

나는 이 이야기 끝에 엉터리 지휘자 노릇한 것도 고백했다. 악보를 읽지 않고 메모리에 의지했던 엉터리 지휘자 노릇. 독일인들, 많이 웃었다.

나흘째 되는 날, 뒤셀도르프의 하인리히 하이네 대학에서 낭송회가 열렸다. 나는 "고독은 나의 고향"이라고 노래했던 하이네의, 19세기 중반의 암울한 조국 독일에 대한 쓸쓸한 노래를 떠올리지 않을 수 없었다.

대지는 프랑스와 러시아의 것이 되었고, 드넓은 바다는 영국의 것 되었네.
우리가 가진 것은, 아무도 임자 노릇을 우기지 않는 텅 빈

꿈의 제국!

　나는 책의 제목이나 시구를 독일어로 기억해 내려고 노력했다. 하지만 기억이 치는 못된 장난, 기억의 왜곡이여.
　헤르만 헤세의 소설 『청춘은 아름다워라(Schön ist die Jugend)』는 내가 독일어로 읽은 몇 권 안 되는 책 가운데 하나다. 내가 이 책 제목을 독일어로 말했을 때, 동행했던 소설가 이문열 씨가 바로잡아 주었다.
　"'쇠네 이스트(Schöne ist)'가 아니라 '쇤 이스트(Schön ist)'
일 텐데?"
　나는 근 45년간 책 제목을 엉터리로 기억하고 있었나? 내 책을 독일어로 번역한 독일인 친구가 책 두 권을 내게 선물했다. 헤르만 헤세의 『데미안』, 릴케의 시집 한 권. 1920년대에 나온 것까지는 좋은데, 맙소사, 독일어 판이었다. 나의 독일인 친구는 나에게 독일을 알고 싶으면 똑바로 알라고 하고 싶었던 것일까?

없는 호랑이
만들어 내기

나는 술 마시기를 참 즐긴다. 하지만 술기운이 조금이라도 남아 있을 경우 내가 절대로 하지 않는 일이 두 가지가 있다. 첫째는 자동차 운전이다. 나는 술이 완전히 깨지않은 상태에서는 절대로 운전대를 잡지 않는다. 두 번째로내가 금기로 삼고 있는 것은, 술기운이 남아 있을 경우 절대로 글을 쓰지 않는다는 것이다. 원고지에 글을 쓰는 행위는 거의 생득적(生得的)이다. 그래서 약간의 술기운이 남아 있어도 원고지 빈칸을 채우는 일은 어느 정도 가능하다. 하지만 컴퓨터는 다르다. 컴퓨터는 내가 거의 마흔을넘긴 나이에 사용법을 배운 물건이다. 술기운이 남아 있을때 컴퓨터를 다루다 사고를 친 적이 여러 번 있다. 그래서약간의 술기운만 남아 있어도 나는 컴퓨터 앞에 잘 앉지 않는다.

나에게는 또 하나의 기벽이 있다. 나 스스로 '기벽'이라고 부르니 좀 무엇하지만, 음식을 먹은 뒤에는 글을 쓰지 못한다. 속이 완전히 비어야 머리가 맑아진다. 나는 그런 상태에서 글쓰기를 즐긴다. 선가(禪家)에서 하루 한 끼 먹으면서 용맹정진하는 것을 '오후불식(午後不食)'이라고 부르는 것으로 나는 알고 있다. 나도 거의 하루 한 끼로 버틴다. 내 경우는 '오전불식(午前不食)'이다. 해 질 녘이 되어서야 반주 곁들여 밥 한 끼를 먹는다.

형편이 이러니 몸이 여위는 것은 당연하다. 20대에 80킬로그램은 넘던 나의 체중이 지금은 60킬로그램 전후를 간당간당한다. 그래도 나는 견딜 만하다. 책도 줄기차게 쓰고 있다.

문제는 주위의 시선이다. 왜 그렇게 말랐느냐? 무슨 중병에 걸린 것은 아니냐? 종합검진 받아 보았느냐? 체중이 갑자기 떨어지면 당뇨병을 의심해 보아야 하는 것 아니냐? 이런 질문들은 정말로 나를 짜증스럽게 만든다. 친척들이 더 하다. 나의 몸을 자기 몸으로 착각하는지, 개인 거리도 무시하고 막 쳐들어 온다. 내가 한동안 살았거나 여행했던 미국이나 유럽에서는 남의 건강 상태에 대해 이런 식의 관심을 표명하지는 않는다. 심각하고도 무례한 사

생활 침해이기 때문이다.

이삼 년 전부터는, 사람들 모이는 곳에는 일절 가지 않으려 한다. 내가 수상한 문학상 시상식조차 나는 참석하기를 꺼린다. 사람들이 나의 건강에 관심을 표명하는 것은 좋은데, 사생활 무너뜨리는 줄도 모르고 막 쳐들어 오기 때문이다. 전에는 할 말이라도 있었다. 추수(秋水)라고 아시는지? 늦은 가을이 되면 산들이 물을 아래로 흘려보낸다. 장자님에 관한 책 『추수편(秋水篇)』은 바로 이 물 이야기를 하는 것이다. 나도 환갑, 진갑 다 지냈으니 이제 물을 좀 뽑아야 하지 않겠는가? 하지만 이제는 이런 설명도 하지 않는다. 그냥 사람들 만나기가 싫고 두려울 뿐이다.

삼인성호(三人成虎), 세 사람이 같은 주장을 하면 없는 호랑이도 만든다는 말이 있다. 임금으로부터 오래, 멀리 떠나 있어야 하는 신하와 임금 사이에 이런 얘기가 오간다. 궁궐을 떠나 있기만 하면 모함의 과녁이 되던 시대 얘기다.

신하: 어떤 사람이 벌건 대낮에 호랑이가 나타났다고 하면 믿으시겠습니까?

임금: 안 믿지.

신하: 또 한 사람이 같은 말을 한다면 믿으시겠습니까?

임금: 호랑이를 보지 못하고서야 믿을 수 없지.

신하: 한 사람이 더 나서서 같은 말을 한다면 믿으시겠습니까?

임금: 같은 말을 하는 사람이 세 사람이나 된다면 안 믿을 수 없겠지.

이 신하, 결국 모함에 걸려 목숨을 잃었다.

이게 멀쩡한 사람을 바보 혹은 병자로 만드는 지름길이다. 그래서 나는 오랜만에 만난 상대가 약간 수척해 보여도, 신수가 훤하십니다. 이렇게 덕담하기로 한다.

외국에서 중·고등·대학 과정을 모두 마친 우리 딸은 체중이 좀 나간다. '삼순이'라는 통통한 배우가 한창 인기몰이를 하고 있을 당시 나는 딸을 향해, 너 꼭 삼순이 같아, 하고, 하지 말아야 할 농담을 한 적이 있다. 외국에서 훈련 받은 딸은 바로 반격했다. 아버지는 아우슈비츠의 유대인 같아요.

듣지
못하고도
살 수
있을까?

2008년 10월, 독일을 여행했다. 졸저 중단편 소설집이 독일어로 번역 출판된 직후라 독일 독자들을 위한 낭독회에 참석하러 간 길이었다. 소설가 이문열 씨와의 동행이었다. 옛 서독의 수도 본을 비롯, 뮌스터, 뒤셀도르프, 마인츠, 보쿰, 프랑크푸르트를 8일 동안 순회하는 고달픈 일정이었다.

내 귀는 참 잘 들렸는데 2년 전부터 문제를 일으키기 시작했다. 몸이 피곤하거나 술에 약간 취하면 거의 듣지 못하게 된 것이다. 독일에서도 마찬가지였다. 강행군에 연일 이어지는 술자리 때문에 난청이 도지는 바람에 독일인들과의 대화에 애를 먹어야 했다. 베토벤의 생가가 있는 도시 본에서부터 나는 내 난청은 순전히 몇몇 독일인 때문이라고 벅벅 우겼다. 전혀 근거 없는 것은 아니다.

고등학생 시절부터 베토벤을 죽어라고 들었다. 고등학교를 퇴학시킨 뒤 나는 거의 매일 '하이마트(고향)'라는 클래식 음악 감상실 맨 앞자리의, 내 키보다 훨씬 큰 스피커 앞에 앉아서 베토벤의 작품이면 무엇이든지 듣고 외우고는 했다. 스무 살 때 상경하고부터는 음악을 좀 멀리했다. 그러다 1980년대 후반에 오디오를 차려 놓고는 또 닥치는 대로 들었다. 내 난청의 한 이유를 나는 오디오 기기의 헤드폰에서 찾고는 한다.

또 하나. 1969년 입대하면서부터 총을 엄청나게 많이 쏘았다. 국내에서도 많이 쏘았지만 베트남 전쟁터에서는 몇 곱절 더 쏘았다. 나보다 총 더 많이 쏜 군인이 있을까 싶을 정도다. 수류탄도 많이 던졌고 로켓포도 많이 쏘았다. 헬리콥터도 자주 탔는데, 이거 소음 정말 장난이 아니어서 내 난청의 공범쯤 될 것 같다. 난청이 오기 1년 전에는 대형 헬리콥터로 13일 동안 몽골 땅을 누빈 적도 있다. 다른 사람들은 대부분 귀마개를 썼지만 나는 처음부터 끝까지 쓰지 않고 버티었다. 헬리콥터, 이거 출입구 열어 놓은 채 타고 다니면 폭발적인 소음 때문에 가슴이 다 울렁거린다.

귀가 나빠지고 나서부터는 텔레비전을 보되, 우리나라 프로그램은 잘 안 본다. 외국에서 제작된 것만 자주 본다.

우리나라에서 제작된 프로그램 화면에는 자막이 뜨지 않기 때문이다. 귀가 나빠지고 나서부터는 음악회에도 가지 못한다. 딸아이가 오케스트라의 악장 노릇을 하고 있지만 그 연주회에도 가지 못한다. 초인종 소리도 잘 듣지 못한다. 그래서 아내나 아들이 외출하면 나의 온 신경은 초인종에 쏠린다. 택배가, 우리 집에 아무도 없는 줄 알고 물건 배달 못 한 채 돌아선 것이 한두 번이 아니기 때문이다. 이렇듯이 나의 귀는, 아내와 아들의 말을 좀 알아들을 뿐 남들의 목소리는 기피하면서 서서히 먹어 가고 있다.

어쩌다 만나는 사람들이 빼먹지 않고 하는 말이 있다. 보청기 하시지 그래요? 글쎄요, 돋보기는 쓰는데 보청기는 좀 그렇네요? 좀 그런 정도가 아니다. 나는 보청기 꽂는 것에는 줄기차게 저항할 생각이다. 본에 있는 베토벤의 생가에는 그가 쓰던 보청기가 전시되어 있다. 19세기 보청기는 어마어마하게 크다.

로망 롤랑은 합창교향곡을 지휘한 직후의 베토벤에 대해 이렇게 쓰고 있다.

……베토벤은 일단 무대 뒤로 사라졌지만 (청중의 열화 같은 박수 소리에) 곧 다시 나와야 했다. 그는 도합 다섯 차례나 무대로 나서야 했는데 이것은, 황족에게도 세 차례까지밖

에는 환호를 보내지 않던 그 시대 그 나라에서는 굉장한 이례에 속했다. 그 이상 열기는 결국 경찰관들이 제지하지 않으면 안 되었다.

베토벤은 무대 뒤에서 기절했다. 사람들은 그를 쉰틀러의 집으로 운반했다. 그는 그날 밤은 물론이고 다음 날 정오까지 혼수상태에서 깨어나지 못했다.

음악가 베토벤에게 귀가 들리지 않는 상태는 치명적이었을 것이다. 하지만 나는 글을 쓰는 사람이라서 귀가 잘 들리지 않지만 별 지장은 없다. 읽고 쓰는 행위는 듣는 것과 별 상관이 없기 때문이다. 당분간 이 침묵의 세계에서 사는 일, 그리 나쁘지도 않다는 것이 나의 생각. 좀 쓸쓸하기는 하지만.

어머니는
한 번도
날
무시하지
않았다

내 어리던 시절, 우리 집 살림을 맡아 하던 맏형수는 나보다 열아홉 살이 많았다. 거의 어머니 맞잡이였다. 아침밥은 대개 6남매가 겸상해서 먹었다. 나는 막내였다. 초등학교 들어가기도 전이었다. 그런데 내가 묘한 짓을 자꾸 하더란다. 형님, 누님들은 서둘러 밥그릇을 비우고 학교로 가는데 막둥이인 나는 밥 먹을 생각을 않더란다. 밥 먹는 대신, 숟가락 총으로 허공에다 뭘 자꾸 쓰더란다.

형수는 화가 많이 나더라고 했다. 이해가 간다. 빈 그릇이 한꺼번에 나와야 설거지도 한꺼번에 하지, 밥그릇 앞에 두고 허공에다 뭘 자꾸만 써 대는 나 때문에 설거지를 두 번씩이나 해야 했으니까. 쥐 패고 싶었겠지만 나이는 어려도 명색이 시동생이었다. 형수는 어머니에게 고자질했다.

어머니가 형수를 이렇게 타일렀다는 것을 나는 나중에 알았다.

"그 애가 간밤에 익힌 한자를 잊지 않기 위해 그러는 모양이다. 조금 수고스럽더라도 너무 다그치지 마라."

나는 시골살이에 관한 한 완전한 지진아였다. 일고여덟 살 즈음부터는 어머니의 농삿일을 조금씩 도왔다. 하지만 나는 도움이 별로 되지 못했다. 소 꼴을 베다가 낫 끝으로 무릎 찍기, 밭을 매다가 괭이로 발가락 찍기, 삽질하다가 엎어져서 코 깨기……. 어머니는 한 번도 야단치지 않았다.

우리 논밭은 집에서 약 15분 걸어야 하는 곳에 위치해 있었다. 어머니와 두 살 연상의 형이 거기에서 일을 하고 있었다. 나는 점심을 날라야 했다. 보리밥 덩어리와 강된장 정도가 아니었을까 싶다. 한 되들이 청주병은 물로 채웠다. 이게 어머니와 형의 오후 양식이었다.

선명하게 기억한다. 나는 길 걸으면서도 딴생각을 잘 했다. 그러다 험한 시골길에서 잘 넘어졌다. 그날도 그랬다. 왼손에는 강된장 끼얹은 보리밥 소쿠리, 오른손에는 청주병을 들고 가다가 가파른 시골길에서 돌을 차고는 앞으로 비참하게 자빠졌다. 패대기쳐진 개구락지 꼴이었다. 물 채운 청주병이 깨진 것은 물론이다. 엎질러진 보리밥에도 잡티가 좀 긴 것 같았다. 아, 나는 왜 이렇게 멍청할까……

나는 소쿠리만 들고 어머니에게 달려가 눈물로 자복했다.

"어매요, 물빙 깨뿟어요!"

"어머니, 물병을 깨트리고 말았어요."의 내 고향 사투리다. 어머니와 형은 몹시 짜증스러웠을 것이다. 그러나 어머니는, 그럴 수도 있는 거지 뭐, 이 한마디했을 뿐 잡티 걸어 낸 보리밥 소쿠리 다 비우도록, 개울물 떠다가 목을 축이도록 한마디도 나를 나무라는 말은 하지 않았다.

하루는 형과 함께 땔나무를 하러 갔다. 지게에다 땔나무를 잔뜩 채운 형이 지게를 지고 일어서다 말고, 너무 무거우니까 뒤에서 살짝 밀어 달라고 했다. 살짝 밀어야 할 것을, 나는 온 힘을 다해 밀어 버렸던 것 같다. 형은 지게를 진 채 앞으로 꼬꾸라졌다. 지게 밀치고 형을 구해 내고 보니 뺨에서는 피가 흐르고 있었다. 형도 나를 크게 나무라지 않았다. 땔나무 짐 지고 앞서 가는 형의 뒤를 참담한 심정으로 따라가면서 나는 세상에서 거의 처음으로 적막을 경험했던 것 같다.

초등학교 4학년, 내 나이 열한 살 때 우리는 대도시로 옮겨 앉았다. 초등학교 졸업하고 중학교에 들어갔다. 3학년 때였는데, 아무래도 학교 그만두었으면 싶다고 했을 때 어머니가 한 말은, 네가 알아서 해라, 였다. 학교 그만두고 있다가 복학하고 싶다고 했을 때도 어머니는, 네가 알아서 해라, 고만 했다.

지진아였던 내가 지금은 작가가 되었다. 때로는 전 세계를 누비기도 한다. 내 분야에서는 실수도 별로 없다. 어머니가 나를 무시하고 능멸했다면 나는 진작 자멸했을 것이다.

내 아들딸도 부모로부터 무시당하거나 능멸당한 적이 거의 없다. 지금 잘 자라 있다. 사람은 남으로부터 무시당하거나 능멸당한 경험이 없으면 남을 무시하거나 능멸하지 않는다는 게 내 생각이다.

가을 날씨가
참
좋군요

번듯한 서재 지키면서 세상 등진 듯이 책 읽고 글 쓰는 것, 내가 오래전부터 꾸어 오던 꿈이었다. 서재 비슷한 것이 있기는 했다. 아파트 살 때는 여러 개의 방 중에서 가장 넓은 방이 늘 서재 노릇을 했다. 책이 많아서 그럴 수밖에 없었다. 나는 그 넓은 공간을 차지하고는 책도 읽고 글도 씀으로써 아내를 몹시 불편하게 만들었다. 아내에게 불편을 끼치는 게 늘 마음에 걸려서, 나는 살림집에 딸려 있되 살림살이에서 독립된, 그야말로 제대로 된 서재를 꿈꾸었다.

그 번듯한 서재 지키면서 정확하고도 아름다운 문장을 지어 내는 것, 내가 오래전부터 꾸어 오던 꿈이었다. 읽기도 많이 읽고 쓰기도 많이 썼다. 저서도 역서도 많이 펴내었고 펴낸 뒤에는 찬사를 받기도 했고 악평에 시달리기도 했다. 선망의 눈길을 더러 마주치기도 했고, 악의적인 질시에 상처를 받기도 했다. 바람난 여자 치맛자락처럼 안바람 겉바람에 마구 나부낀 것은 아니지만 그런 평판에 나는 대체로 민감했던 셈인가?

10여 년 전에 꿈이 이루어졌다. 살림집 뒤에다 서재라는 것을 붙여 지은 것이다. 이름도 지었다. '과인재(過人齋)'가 서재 이름이다. '세상을 스쳐 지나가는 자의 집'이라는 뜻이다. 손바닥만 한 현판이나마 하나 걸고 싶어서 글씨 잘 쓰는 친구에게 지나가는 말로 청을 넣었다. 친구는, 자기가 가르친 제자 중에 이름난 서예가가 있으니까 그의 글씨를 받아다 주겠노라고 했다. 그러고는 잊고 있었는데, 서예가의 작품이 완성되었노라고 했다. 재호 현판이 내 집에 들어오던 날을 나는 잊을 수 없다. 내 친구가 서예가에게 내 서재의 면적과 천장 높이를 과장했기 때문이었을 것이다. 현판 크기는 놀랍게도 가로 280센티미터, 세로 120센티미터나 되었다. 나는 마음이 불편해서 현판을 벽에다 걸 수가 없었다. 그렇게 크고 으리으리한 현판을 어떻게 한 초라한 인간의 서재에다 걸 수 있겠는가. 친구와 서예가에게는 정말 미안하지만 현판은 7년째 서재 한 귀퉁이에 벽을 기대고 매우 어정쩡한 자세로 서 있다. 이 일 있고부터 나는 서재를 '서재'라고 부르지 않는다. '공부방'이라고 부른다. '서재'라는 이름이 나에게 너무 크게 느껴지기 때문이다.

나에게는 시골 황무지에 딸려 있는 공부방이 하나 더 있다. 허름하게 지어진 어느 화가의 화실을 물려받은 것인데 경제 사정이 빠듯해서 그 시골 공부방에는 손을 대지 못했다. 그래서 내가 보아도 초라하기 그지없다.

5년 전, 한 출판 회사 임원이, 부인과 함께 나의 시골집을 방문하고 싶다고 했다. 그러라고 했다. 시골집을 둘러본 그 간부의 부인이 나 안 듣는 데서 남편에게 이런 말을 했다. 엿듣자고 한 것은 아니고 우연히 내 귀에 들린 것이다.

"이름 난 작가의 호반 별장인 줄 알았는데 이게 뭐야, 창고 아니냐고?"

참 이상한 일도 다 있지. 어마어마하게 큰 재호 현판을 선물 받았을 때보다는 이 말이 내게는 훨씬 반가웠다. 하지만 기분 좋은 봉변은 여기에서 끝나지 않는다. 겨울에는 시골집이 너무 추워서 무쇠 난로를 하나 주문했다. 연통은 수직으로 세우기로 했다. 연통을 수직으로 세우려면 천장과 지붕을 뚫어야 했다. 천장과 지붕 사이로 들어가서 연통 세울 구멍을 뚫던 난로 가게 주인의 말.

"집이 아니라 이건 거의 축사(畜舍) 수준이군요."

내 마음이 어디로 기우는지 이제 알겠다. 이제 나는 '서재'라는 말을 버리고 '창고', '축사'라는 말을 쓰기로 한다. 내가 쓰는 글도 그럴 것이다.

중국 남송(南宋) 때 사람 신기질(辛棄疾)은 이렇게 귀신같이 쓰고 있다.

어릴 적에는 수심(愁心)이 무엇인지 모르고, 높은 데 오르는 것만, 높은 데 오르는 것만 좋아했지. 시를 쓸 때는 공연히 없는 수심도 있는 것처럼 썼지.

少年不識愁滋味 愛上層樓 愛上層樓 爲賦新詩强說愁

이제 수심의 뜻을 알겠다. 돌아가고 싶다, 돌아가고 싶다고 하고 싶지만, 않으리. 그저, 가을 날씨가 참 좋군요, 이렇게만 말하리라.

而今識盡愁滋味 欲說還休 欲說還休卻道 天凉好個秋

나는
추천사를
더 이상
쓰지 않는다

새로 출간되는 남의 책 추천사를 꽤 많이 썼다. 주례사 비슷한 서평도 꽤 많이 썼다. 귀찮고도 번거로운 일이지만 팔자소관이거니 여겼다. 추천사를 의뢰하는 사람들은 나와 밀접한 관계가 있는 출판사 편집자나, 그 책의 저자인 경우가 많다. 성격이 모질지 못해서 매정하게 거절할 수 없었다. 속된 말로 '안면이 갈보 만든다.'고, 나는 추천사를 남발함으로써 많은 문우들의 비난을 받기도 했다.

추천사 중 가장 고약한 것은 출판사가 문구를 미리 작성해 놓고 추인을 부탁하는 경우다. 심지어는, 내가 외국에 머물고 있는데도 불구하고, 자기네들이 작성한 추천 문구의 추인을 요구하기도 한다. 참 나쁜 놈들이다. 나는 나쁜 놈들 요구에는 절대로 응하지 않는다. 글에서는 글 쓰는 사람의 결과 무늬가 드러나는 법인데 그걸 자기네들이 좌지우지하겠다니 나쁜 놈들이라고 할 수밖에.

나는 추천사를 의뢰받으면 교정지 보내 줄 것부터 요구한다. 나는 교정지를 처음부터 끝까지 이 잡듯이 뒤져 읽기 전에는 절대로 추천사를 쓰지 않는다. 하지만 이거, 쉬운 일이 아니다. 교정지 읽느라고 하루 이틀 눈에 불을 켜야 한다. 이 말은, 나의 생업은 옆으로 밀어 놓고 교정지를 읽는다는 뜻이다. 밑져도 보통 밑지는 장사가 아니다. 하지만 정말 곤란한 것은, 세 권, 다섯 권, 혹은 열 권으로 된 대하소설의 추천사를 부탁받고 교정지를 읽는 일이다. 꼼꼼히 읽으려면 사나흘, 혹은 닷새가 걸릴 때도 있다. 생업 옆으로 밀어 놓고 대하소설 교정지를 읽고 써야 하는 추천사의 분량은 200자 원고지 반 장, 혹은 한 장이다. 이것은 밑지는 장사가 아니라 망하는 장사다. 그래서 나는 너무 두꺼운 책의 추천사는 되도록 쓰지 않기로 하고 있다. 추천사 쓰기를 고사했다가 저자와의 관계가 서먹서먹해진 적도 있고, 아주 관계가 끊어진 적도 있다.

내가 정작 하고 싶은 말은 지금부터다. 연하의 작가들을 위해 마음에 내키지 않는 추천사를 쓰는 경우도 있다. 책을 추천하는 글인 만큼 책의 결점에는 대체로 관대해진다. 그러니 주례사가 그렇듯이 추천사는 찬사 쪽으로 가파

른 기울기를 보일 수밖에 없는 것이다. 이런 추천사가 새
내기 저자들을 약간 흥분하게 만드는 모양이다. 저자들 절
반쯤은 추천한 사람에게 술과 밥을 사고 싶어 한다. 그 책
의 출간이 안겨 줄 예상 수입에 들떠 있기 때문일 것이다.
나도 예전에 이런 대접을 받아 본 적이 여러 번 있다. 하지
만 그렇게 해서 출간된 책이 저자의 희망과 기대를 배반하
는 경우가 비일비재하다. 출판사나 저자는 밥값 술값만 날
리는 것이다.

　문학 종사자들 사이에 널리 알려진 슬픈 에피소드가 하
나 있다. 신춘문예가 대표적인 예가 되겠는데, 투고한 예
비 작가는 몹시 초조해진다. 초조해진 예비 작가의 술값
씀씀이는 늘어나기 마련이다. 떨어지면 그뿐이지만 당선되
면 거액의 상금이 돌아오기 때문이다. 그런데 결과가 낙방
이면 예비 작가는 빚쟁이가 된다. 어떻게 그렇게 잘 아느냐
고? 나도 여러 번 겪어 본 일이니 잘 알 수밖에.

　나는, 나의 추천사를 받은 편집자나 새내기 작가의 저
녁 초대는 되도록 정중하게 뒤로 미룬다. 지금 경황이 없
으니까 6개월 뒤에나 한번 봅시다, 하고 말하는 것이다. 새
책 출간으로 약간 들떠 있던 그들은 냉정한 나의 반응을
섭섭해한다. 하지만 나는 알고 있다. 새 책에다 건 희망과
기대의 대부분은 거품이다. 나는 오래지 않아 경험하게 될

그들의 실망과 절망의 프로세스에 동참하기를 거절한다. 내 짐작대로, 6개월쯤 지나면 저녁 함께 먹자던 소리는 쑥 들어가 버린다. 이렇게 해서 그들은 헛된 꿈과 기대로부터, 그런 꿈과 기대가 삶을 되게 누추하게 한다는 것을 단단히 배운다.

현철 장자(莊子)께서는 이런 말씀을 들려주신다.

한 조각배 사공이 폭포의 코앞에서 노(櫓)를 놓친다. 이제 헛된 희망과 기대는 소용이 없다. 사공은 노래를 부르기 시작한다.

그래서 이런 말도 있는 모양이지.
"(그냥) 사랑하라. 희망 없이."

악우들이여,
안녕

악우들. 술과 담배 이야기다.

술 마시는 버릇, 몸에 붙인 지가 꽤 오래 된다. 아무래도 명절 차례 끝나고 다량의 제주를 음복하면서 몸에 붙은 버릇 같다. 중학생 시절에 이미 명절이면 거나하게 취한 채 건들거리고 다녔다. 고등학교 시절이 시작되고부터는 상습적으로 술을 마셨다. 글쓰기를 직업으로 삼기로 작정한 청소년들에게 적당한 음주가 그 시절에는 무슨 특권 같은 것이었다.

담배는 입대하면서 피우기 시작했다. 한국인 남성에게 군대살이는 피할 수 없는 의무였고 술과 담배는 이 의무를 수나롭게 수행하자면 피하기 어려운 기호품들이었다. 그러고 보니, 술과 담배, 40년 이상 나와는 애증으로 얽힌 악우들이다.

우리 어리던 시절, 술을 예찬하는 글들은 또 어찌 그리 흔하던지. 시인이라면 한 번쯤 음주를 예찬하지 않으면 안 되어 보일 지경이었다. 교과서에서도 음주 예찬을 가르쳤다. 17세기 조선 시대의 문신 송강 정철의 술 권하는 노래 「장진주사」가 있었을 정도다. "꽃 꺾어 술잔 수 세면서 무진무진 먹세그려." 이 한 구절은 우리같이 어린 술꾼들에게 얼마나 큰 격려가 되었던가?

건방기가 넘치는 청년에게 당나라 시인 이상은의 다음과 같은 시는 거의 맹독 수준이 아니었겠는가? 이상은의 주장에 따르면 술은 마음을 해치는 것이지 몸을 해치는 것이 아니다.

……인심이 사나워 새 친구는 만나기가 어렵고 옛 친구 좋은 연분은 끊긴 지 오래. 애끓어 마시는데 술값 몇 천 냥쯤이야.

송나라 사람 황정견은 "미쳤다고 술잔을 말리느냐."는 말로 우리를 부추겼다.

국화 송이에 냉기가 도는데, 사람이 얼마나 산다고 술잔을

말리는가…… 취중에 머리에 꽃 꽂으니…… 황국과 백발이
어울리지 않으면 어떠랴, 괘념하지 않으련다.

우리들의 우상 샤를 보들레르도 가만히 있지 않았다.

어느 날 밤 포도주의 혼이 병 속에서 노래했다.
인간이여, 오 실격한 자식이여,
내 유리의 감옥과 주홍빛 봉랍 아래서
그대를 향하여 불러 주리라.
광명과 우애 넘치는 노래를…….

하여튼 많이 마셨다. 그런데, 무서워라. 술이 슬슬 나의
몸과 마음의 주인 자리를 넘보기 시작했다. 나의 삶과, 내
가 얽혀 있는 모든 관계들을 지배하려 들기 시작했다. 그
래서 지난 연말 술의 등을 돌려 세워 등을 떠밀었다. 그날
담배도 내 집에서 쫓겨났다. 아무리 악우들이지만 둘을
한꺼번에 돌려 세우고 나니 굉장히 허전하다.
　술을 끊기로 한 것은 처음이지만 담배는 10년 전에 한
6개월 끊은 적이 있다. 당시 미국에서 체류하고 있던 나는
긴요한 볼일로 일본을 여행하고 있었다. 그런데 오사카에
서 도쿄로 들어오는 길에 본 담배 광고 문구 하나 때문에

나의 6개월 공력이 와르르 무너지고 말았다. 보라.

담배는 마음의 일요일(タバコは心の日曜日)

나는 지금 정신이 나간 나머지 술잔을 말리고 있는가?
나는 지금 술을 마시지 않아서 포도주의 혼이 병 속에서
하는 노래를 듣지 못하고 있는가? 나는 지금 담배를 끊음
으로써 마음의 일요일을 잃어버린 것인가? 아직은 모르겠
다. 담배는 입에 대지 않겠지만 식탁의 와인 한 잔은 사양
하지 않을 것 같다. 술과 담배와 싸우려는 사람들에게 내
싸움에서 얻은 충고 한마디.

둘을 한꺼번에 상대하지 말라는 것이다. 둘을 한꺼번에
상대하느라고 나는 무척 힘들었다. 따라서 각개격파가 현
명하다.

그렇거니, 이제 마음의 일요일도 없는 곳으로 떠나니 악
우들이여, 안녕.

아버지의
이름

오랜만에 친정에 온 딸과 함께 월계관 청주를 와인 잔에 담아 홀짝이던 날, 아버지의 이야기는 어느덧 아버지가 새파랗게 젊던 시절, 스물도 채 되기 전으로 거슬러 올라갔다. 이야기를 좋아하는 아버지도 그 시절 이야기를 자주 하는 편이 아니었기에 나는 신이 나서 귀를 쫑긋 세웠다.

"아빠는 너무 멋있었다."

평소 같았으면, '너무'는 부정적인 문맥에 붙이는 부사이고, 이 경우에는 '정말'이나 '참'을 써야 한다며 각주를 붙이셨을 텐데 그날은 이미 '평소'가 아니었다. 아니, 치명적인 '멋'이 거의 부정적인 수준에까지 이르렀다는 뜻이었을까? 아무튼 아버지는 검정고시를 갓 합격하고 이화여자대학교 앞 대신동에서 하숙을 하던 시절에 대해 이야기하기 시작했다.

"어머나, 왜 하필 대신동이에요? 이대생한테 수작을 걸어 어떻게 좀 잘해 보려고 그러신 거죠?"

내가 의심의 눈초리로 묻자 아버지가 말했다.

"당시에 아빠는 이대생들의 우상이었어."

나는 이야기가 시작되기도 전에 바닥으로 나동그라지며 깔깔깔 웃었다.

아버지는 '너무' 멋있었다. 키 177센티미터에 몸무게 80킬로그램의 거구는 당시에는 매우 드문 체격이었다. 겨우 열여덟, 아홉의 아이가 '노가다', 그러니까 막노동판 십장을 할 수 있었던 것은 주먹을 불끈 쥘 때마다 소매를 꽉 채우는 육중한 팔과 어깨 근육 덕분이기도 했을 것이다. 그런 체격과 체력을 갖고도 견디기 힘든 일은 있었다. 드럼통을 두드려 난로를 만드는 일이었는데, 하루 종일 쇳소리와 쇠 냄새에 시달리며 온몸의 근육이 욱신거릴 때까지 드럼통을 두드리다가 집에 오면 하숙집 할머니가 커다란 사발에 시금치죽을 가득 담아 내왔다. 아버지는 이후로도 시금치만 먹으면 그 쇳소리와 쇠 냄새가 나는 듯했다고 말했다.

"아차, 그런데 내가 하려던 이야기가 이게 아니었지."

삼천포로 빠지기는 아버지의 특기였다. 아무튼 그런 체

격의 사내가 허름하지만 깨끗하게 빨아 말린 검은 반소매 셔츠를 입고 이대 앞 서점에서 주인에게 카프카의 단편집을, 그것도 원서로 주문하고 있는데 반하지 않을 여학생이 있었겠는가. 아무튼 여학생들은 하나같이 아버지에 대한 환상을 키우고 있었다. 하숙집으로 찾아와 하숙집 할머니에게 편지를 맡겨 놓기도 했다. 이대생들 사이에서는 아버지의 정체를 두고 의견이 분분했다. 혹자는 아버지가 시골에서 엘리트 코스를 밟고 올라온, 가난하지만 천재적인 두뇌의 연세대학교 학생이라고 했고 혹자는 이 청년이 앉은 자리에서 막걸리 한 말을 들이켜 버리는 통에 과 사발식을 발칵 뒤집어 놓은 고려대학교의 전설이라고도 했다. 틀린 말은 아니었다. 친한 친구가 고려대 학생이어서 고려대에 자주 놀러 가 막걸리를 마시곤 했는데, 어느 축제 날에도 아버지는 어김없이 막걸리 통 앞에 앉았다고 한다. 사다리를 타고 올라가야 통 입구에 다다를 수 있는, 요즘은 상상도 할 수 없는 크기의 막걸리 통이었다. 친구의 후배는 이

169

유토피아 이름

막걸리 통에서 술 한 말을 옮겨 담아 아버지 앞에 놓고는
이렇게 말했다.

"다 드시면 안돼요."

"아차, 그런데 내가 하려던 이야기가 이것도 아니었지."

그날 결국 아버지가 하려던 이야기는 듣지 못했다. 하지
만 샛길이 한없이 유쾌한데 굳이 목적지에 다다르기 위해
애쓸 필요는 없었다. 아버지는 언제나 그렇게 소설 같은
이야기로 좌중을 데굴데굴 구르게 했다. 어릴 때에는 아버
지가 놀랍도록 소설 같은 이야기들을 하면 눈을 동그랗게
뜨고 그저 "말도 안 돼."를 연발할 뿐이었는데 언제부턴가
아버지의 말솜씨를 즐기며 웃을 수 있게 되었다. 진실은
아무래도 좋다는 것을 깨닫기 시작했기 때문일까?

스물한 살, 유럽 배낭여행을 떠났을 때였다. 오스트리
아 잘츠부르크의 어느 유스호스텔에 잠자리를 잡고 모차
르트의 고향을 여느 관광객처럼 쓱 훑어본 나는 좀 더 한
적한 곳에서 오스트리아의 향기를 맡아 보고 싶었다. 『론

리 플래닛 트래블 가이드』 서유럽 편은 잘츠부르크에서 가까운 도시로 멜크를 추천하고 있었다. 멜크는 베네딕트 회 수도원이 있는 작은 마을로, 역에서 수도원에 이르는 마을 길이 오스트리아의 참모습과 정취를 담고 있는 듯해 나는 나의 선택에 무척 만족했다. 멜크 수도원에 다다른 나는 그곳에 얽힌 놀라운 사실을 깨닫고 들뜬 마음으로 부모님께 보낼 엽서를 적었다.

   여기는 오스트리아예요. 잘츠부르크에 짐을 풀고 우연히 멜크에 왔는데, 수도원이 하나 있지 않겠어요? 그런데 아빠, 이 수도원이 바로 아드소가 『장미의 이름』을 쓴 바로 그 수도원이에요! 제가 거닌 회랑이, 제가 내려다본 풍경이 바로 아드소가 거닐었을 회랑과 아드소가 내려다보았을지도 모를 풍경이었다는 것. 놀랍지 않으세요?

엽서가 도착했을 무렵, 나는 아버지로부터 이메일을 한

통 받았다. 아버지의 이메일은 짧기로 유명하다.

　　『장미의 이름』은 움베르토 에코가 쓴 건데? 아드소는 실존 인
　　물이 아닌데?

　　요즘 말로 정말 '헉' 하는 순간이었다. 내가 『장미의 이
름』이 역사서가 아닌 소설이라는 것을, 아드소가 움베르
토 에코의 산물이라는 것을 모르고 있었던 것은 아니다.
알면서도 깜빡 속아 넘어간 것이다. 나는 멜크 수도원에
간 순간 이성을 잃고 일종의 차원 이동을 해서 에코의 세
상이 아니라 아드소의 세상에서 그의 타임 라인의 연장선
상에 있었던 것은 아닐까? 아버지는 답장에서 이렇게 썼
던 것 같다.

　　그렇게 착각할 만하다. 그게 바로 소설의 힘이다.

알고도 깜빡 넘어가게 만드는 것, 그것이 소설의 힘이라는 것 같았다. 아버지의 젊은 시절이 실제로 어떠했든 간에 그것은 아무래도 상관없다. 아버지가 정말 이대생들의 우상이었든, 고려대 축제에서 막걸리를 한 말 마셨든 두 말 마셨든 그다지 궁금하지 않다. 그러나 아버지의 소설 같은 이야기를 더 이상 듣지 못하게 된 것은, 새로운 소설을 더 이상 읽지 못하게 된 것은 참 많이 섭섭하다.

이름은 불러 주는 사람의 것이다. 번역가, 신화 전문가, 소설가 등 많은 사람들이 다양한 이름으로 아버지를 불렀다. 몇 년 전 순천향대학교에서 명예박사 학위를 받았을 때 아버지의 친구들은 '이윤기 명예박사'의 머리글자를 따서 농담 삼아 아버지를 '이명박'이라고 부르기도 했다. 그런데 따뜻한 사람은 상대방이 듣기 원하는 이름으로 그 사람을 부르는 것 같다.

아버지는 원래 내 이름을 '다히'라고 지었는데, 아버지의 말에 따르면 이 이름은 출생 신고 당시 동사무소 직원의 '과잉 친절'로 인하여 '다희'가 되었고 '多喜'라는 다소 유치한 한자도 얻었다. 본래 '다히'는 무엇'답게'라는 의미의 조사로, 그 의미보다는 소리의 특별함 때문에 나의 이름으로 선택된 것 같다. 아무튼 내가 첫 전자우편 주소를 만들기 위해 사용자 이름을 지을 때 아버지는 그 행위에 큰 의미를, 나보다 더 큰 의미를 부여했다. 철학도였던 나는 필로소피아(philosophia, 철학)의 소피아를 따다 사용자 이름을 결정했다. 아버지는 '다히'가 아닌, 내가 내 스스로에게 지어 준 그 첫 번째 이름으로 나를 곧잘 불러 주었다.

나는 아버지를 소설가라고 부르고 싶다. 아버지가 듣기 원하는 이름이었을 것 같다. 아버지는 1998년 동인문학상을 받았을 때 '진정으로 하고 싶은 일'을 하게 된 것에 기뻐했다. 나는 아버지를 소설가라는 이름으로 되도록 오래 기억하고 싶다. 아버지는 어느 글에서 이렇게 썼다.

요즘 나에게 이따금씩 악몽을 안기는 말 한마디가 있다. "작가의 죽음은 생물학적 죽음 10년 뒤에 온다."는 프랑스 속담이다. 작가의 생물학적 죽음은 진정한 죽음이 아니라는 뜻일 터이다. 죽고 나서 10년 뒤에 작품이 남지 않는다면 그것이 작가의 진정한 죽음이라는 뜻일 터이다. 내가 손을 잡아 본 작가나 시인은 부지기수다. 하지만 세상을 떠난 뒤에도 독자의 기억에 머무는 작가나 시인은 극소수에 지나지 않는다. 세상을 떠난 지 10년이 지났는데도 아직도 서점의 진열대에 저서가 올라와 있는 작가나 시인은 그보다 훨씬 수가 적다. 작가나 시인의 생물학적 죽음과 함께 그들에 대한 기억까지 깡그리 사라지는 것도 그리 나쁘지 않겠지만, 10년 뒤에도 책이 살아남아 있다면 그것도 근사한 일이 아닌가? 나는 많은 책을 번역하고 많은 책을 썼다. 독자들에게는 미안한 말이지만 나는 나의 책들이 오래 살아남을 것이라고 장담할 수 없다. 때가 되면 나와 함께 사라지지 않을 것이라는 징표는 어디에서도 나타나지 않는다. 나와 함께 사라지는 것도 그리 나쁘지는 않겠지만, 오래오래 남아 읽힌다면 그것도 근사한 일이 아닌가?

아버지는 또, 돌아가신 평사(平土) 임길진 박사를 추모하
며, "죽음은 죽는 순간에 이루어지는 것이 아니라 잊히는 순
간에 이루어진다는 것이 내 생각이다. 이렇듯 잊히지 않고
있으니 그 떠난 자리가 참 아름답다."라고 했다.

아버지께서 돌아가셨다는 소식이 전해졌을 때 독자들 가
운데 몇몇이, 아버지가 번역한 『장미의 이름』의 마지막 문장
을 적어 추모의 뜻을 표했다.

　Stat rosa pristine nomine, nomina nuda tenemus.
　지난날의 장미는 이제 그 이름뿐, 우리에게 남은 것은 그 덧없는 이
　름뿐.

이제 이름뿐이라니, 그것도 '덧없는' 이름뿐이라니. 애잔
한 추모의 마음을 전하려고 했을 것이 분명한 독자들의 의
도와 달리 이 문장은 내 마음에 날카로운 칼날로 날아와 꽂
혔다. 그러나 오래 아프지는 않았다. '장미'의 향기는 꽃이

지면 사라지고 남는 것은 이름뿐이지만 다행히 아버지는 이름만 남긴 것이 아니다. 아버지의 향기는 책과 글 속에 남아 있다. 새로운 소설은 더 읽을 수 없지만 아버지가 남기고 간 소설은 적지 않고 그 힘도 살아 있다. 산문도 있고 신화 이야기도 있고 번역도 있다. 이렇게 많고 귀중한 유산을 물려받을 수 있는 자식은 많지 않을 것이다. 게다가 10년 후에도 서점의 진열대에서 아버지의 책을 볼 수 있다면 그 또한 근사한 일일 것이다.

정말이지, 아버지는 '너무' 멋있었다.

이다희(번역가)

이윤기

1947년 경북 우보면 두북동에서 태어났다. 1977년 《중앙일보》 신춘문예로 등단했고, 1998년 중편 「숨은그림찾기 1—직선과 곡선」으로 동인문학상을, 2000년 소설집 『두물머리』로 대산문학상을 수상했다. 그리고 『장미의 이름』, 『변신 이야기』 등에서 보여 준 품격 높은 번역으로 2000년 대한민국번역가상을 수상했다.

장편소설 『하늘의 문』, 『햇빛과 달빛』, 『뿌리와 날개』, 『그리운 흔적』 등과 소설집 『하얀 헬리콥터』, 『외길보기 두길보기』, 『나비 넥타이』, 『두물머리』, 『유리 그림자』 등이 있다. 그 밖에 『어른의 학교』, 『무지개와 프리즘』, 『꽃아 꽃아 눈 열어라』, 『위대한 침묵』, 『이윤기의 그리스 로마 신화』, 『이윤기의 그리스 로마 영웅 열전』 등의 저서가 있으며, 움베르토 에코의 『장미의 이름』, 『푸코의 진자』, 『전날의 섬』을 비롯해 니코스 카잔차키스의 『그리스인 조르바』, 『미할리스 대장』 등 다수의 책을 번역했다. 2010년 8월 27일, 안타깝게도 심장마비로 세상을 떠났다.

위대한 침묵
이윤기 산문집

1판 1쇄 펴냄 · 2011년 1월 14일
1판 4쇄 펴냄 · 2012년 1월 3일

지은이 이윤기
발행인 박근섭, 박상준
편집인 장은수
펴낸곳 (주)민음사

출판 등록 · 1966. 5. 19. 제16-490호
서울시 강남구 신사동 506번지 강남출판문화센터 5층 (우)135-887
대표전화 515-2000 / 팩시밀리 515-2007
www.minumsa.com

ISBN 978-89-374-8334-9 (03810)